COLLECTION JULES VERNE

COLLECTION JULES VERNE
BAND 97

Die Schiffbrüchigen der Jonathan

Band 2

Pawlak Taschenbuch Verlag, Berlin, Herrsching

Nachdruck mit freundlicher Genehmigung des
Verlages A. Hartleben, Inh. Dr. Walter Rob, Wien I.
Die Vorlagen für die Umschlagillustrationen der
Collection Jules Verne sind Jules Verne Bänden,
erschienen im A. Hartleben's Verlag, Wien, entnommen.
Umschlaggestaltung: Bine Cordes, Weyarn
Die Orthographie wurde der heutigen Schreibweise angeglichen.

Gesamtherstellung: Elsnerdruck GmbH, Berlin
Printed in Germany
ISBN: 3-8224-1097-7

Inhalt

(Fortsetzung des zweiten Teiles)

Zweiter Band

(Zweiter Teil. Fortsetzung.)

Siebtes Kapitel

Die erste Kindheit eines Volkes

In den ersten Morgenstunden des nächsten Tages verließ der Avisodampfer seinen Ankerplatz vor der Insel Hoste und war schon nach wenigen Augenblicken hinter der Felsspitze des Vorgebirges verschwunden. Er führte zehn der fünfzehn am Leben gebliebenen Matrosen der Besatzung des »Jonathan« mit sich fort. Die fünf anderen – unter ihnen Kennedy – hatten mit dem Hochbootsmann Hartlepool und dem Koch Sirdey vorgezogen, auf der Insel als Kolonisten zu verbleiben.

Gleiche Beweggründe hatten Kennedy und Sirdey bestimmt, diesen Entschluß zu fassen. Alle beide waren bei den Schiffskapitänen sehr schlecht angeschrieben, daher wäre es ihnen nicht leicht gewesen, einen neuen Dienst zu finden; auch hofften sie hier ein angenehmeres und wenigstens im Anfang unabhängigeres Leben führen zu können in diesen sich erst langsam entwickelnden Verhältnissen, ohne Gesetze für längere Zeit und dann ohne strikte Durchführung derselben. Ihre zurückgebliebenen Kameraden waren brave, energische und ernste Leute, deren jeder, wie Hartlepool selbst, in dem neuen Staate eine selbständige Stellung einzunehmen hoffte, jeder sein eigener Herr sein wollte, indem er vom wetterfesten Seeman ein einfacher Fischer wurde.

Die Verwirklichung oder das Scheitern ihres Planes mußte größtenteils von der Art der Verwaltung der Insel abhängen. Wenn ein Staat gut regiert ist, können die Bürger durch ihrer Hände Arbeit reich werden. Im Gegenteil wird aller Fleiß unfruchtbar bleiben, wenn man an leitender Stelle nicht die richtigen Maßnahmen zu entdecken und anzuwenden weiß, um der Arbeit des einzelnen den nötigen Halt und die rechte Unterstützung angedeihen zu lassen. Die Organisation der Kolonie war demnach von größter Wichtigkeit.

Aber vorläufig beunruhigte diese hochwichtige Lebensfrage die Hostelianer (diesen Namen hatten sie in einstimmigem Einverständnis angenommen) noch nicht. Sie dachten nur daran, sich ihres Lebens zu freuen. Das Zauberwort »Freiheit« hatte sie berauscht. Sie schwelgten in ihrem Entzücken darin wie große Kinder, ohne den Versuch zu machen, in den tieferen Sinn des Wortes einzudringen, ohne zu bedenken, daß das Wort eine Wissenschaft bedeutet, welche studiert sein will und daß derjenige, welcher in Freiheit leben will, vorher gelernt haben muß zu leben.

Das Avisoschiff war noch nicht aus dem Gesichtskreis verschwunden, als die früher von den feindseligsten Gefühlen erregte Menge sich gegenseitig freudigst beglückwünschte. Es schien, als wäre man mit einer besonders schwierigen, wichtigen Aufgabe glücklich zu Ende gekommen. Und doch war das Werk erst im Entstehen begriffen!

Jedes freudige Ereignis wird durch besondere Festlichkeiten gefeiert. Auch hier wurde einstimmig beschlossen, für diesen Tag ein Festmahl zu richten, und während die Frauen sich an den Herd zu ihren Kochtöpfen begaben, richteten die Männer ihre Schritte nach dem Aufbewahrungsort der Vorräte des »Jonathan«. Selbstredend wurde die einstige Schiffsladung seit der Unabhängigkeitserklärung der Insel nicht mehr bewacht. Die Umstände hatten die rechtlosen Schiffbrüchigen zum Rang einer Nation erhoben, außer ihr selbst war niemand berechtigt, in die Ausübung ihrer Herrschergewalt einzugreifen. Wer hätte auch den Wachtdienst antreten sollen, da die große Hälfte der Matrosen sich an Bord des Avisodampfers befand? Ein Faß wurde in fröhlichster Laune angestochen, doch als man zur Verteilung des Getränkes schreiten wollte, kam einigen besonders schlauen Köpfen eine bessere Idee. Eigentlich war alles gemeinsames Eigentum – warum sollte nicht gleich der ganze Vorrat bis auf den letzten Tropfen verteilt werden? Der schüchterne Widerspruch einiger klüger Denkender wurde überstimmt und der Antrag begeistert angenommen. Nachdem die existierende Alkoholmenge oberflächlich geschätzt worden war, kam man überein, daß jeder erwachsene Mann einen vollen, die Frauen und Kinder je einen halben Teil erhalten sollten. Der Beschluß wurde sogleich ins Werk gesetzt, die Familienväter erhielten den ihnen gebührenden Anteil unter fröhlichen Späßen und Scherzworten.

Am Abend erreichte das Fest seinen Höhepunkt. Alle Feindseligkeiten waren vergessen, begraben.

Die verschiedenen Nationalitäten schienen in eine zu verschmelzen, man fühlte sich als Brüder; später wurde selbst ein Ball in Szene gesetzt; beim Klange einer gutwilligen Ziehharmonika drehten sich die Paare im Kreise der Zecher.

Unter diesen war natürlich Lazare Ceroni zu finden. Schon um sechs Uhr abends trugen ihn seine Füße nicht mehr sicher und um zehn Uhr trank er noch immer. Da war ein trauriger Abschluß des Festtages für Tullia und Graziella vorherzusehen.

Gleichzeitig vertilgte ein anderer, abseits von den anderen, in einem finsteren Winkel, den Rum in ganz unvernünftigen Quantitäten. Aber dieser fand in dem abscheulichen Gift momentan seine Seele wieder, die dasselbe Gift vernichtet hatte. Plötzlich ertönte die herrlichste Musik, so daß die Tanzenden in ihrer Bewegung innehielten. Fritz Groß, der mit Alkohol gesättigt war, hatte seinen Genius wiederentdeckt.

Zwei Stunden lang spielte er ohne Unterbrechung, und indem er sich ganz von seiner Inspiration leiten ließ, improvisierte er die wundervollsten Weisen, während Hunderte staunende Gesichter ihn umgaben, ihn ungläubig anstarrten, oft mit offenem Munde – als ob sie auf diese Weise die herrlichen Tonwellen besser in sich aufnehmen könnten, deren Quelle die Wundergeige des Künstlers war.

Von allen seinen Zuhörern lauschte mit der größten Aufmerksamkeit und Begeisterung ein Kind. Diese Töne von bisher nie geahnter Schönheit waren für Sand wie eine Offenbarung. Er hatte erst jetzt die Musik entdeckt und trat zitternd in das unbekannte Reich ein. Im Mittelpunkt des Kreises stand er dem Spieler gerade gegenüber, sah und hörte nur ihn, seine ganze Lebenskraft konzentrierte sich auf Augen und Ohren, die Seele war wie berauscht und zitterte vor tiefer innerlicher Erregung.

Welche Worte können das Malerische dieses Schauspieles wiedergeben? Am Boden kauert ein Mann, unförmig durch seine kolossalen Körperdimensionen, zusammengebrochen, den Kopf auf die Brust gesenkt, mit geschlossenen Augen, die nur in sein Inneres blicken – und er spielt; spielt, ohne abzusetzen, unermüdlich, hingebungsvoll bei der unsicheren Beleuchtung einer qualmenden Fackel, die seine Umrisse aus dem nächtlichen Schatten hervortreten läßt. Vor dem Manne steht ein Kind im Paroxysmus höchsten Entzückens und um diese sonderbare Gruppe herum lauscht eine schweigsame, unsichtbare Menschenmenge, deren Gegenwart nur manchmal auf kurze Augenblicke bemerkbar wird, wenn die launige Brise die Fackeln heller auflodern läßt. Dann lassen die tanzenden Lichtstrahlen blitzschnell ein Auge, ein Ohr, eine Nase aus der Finsternis auftauchen, die ebensoschnell von den Schatten verschlungen werden.

Und in weichen und doch mächtigen Wellen fließen die lieblichsten Weisen dahin und verlieren sich leise klagend im weiten Weltraum.

Gegen Mitternacht ließ der todmatte Fritz Groß den Bogen sinken und war sofort friedlich eingeschlafen, die Emigranten gingen langsam und andächtig in ihre Behausungen zurück.

Freilich hielt der flüchtige Eindruck nicht bis

zum nächsten Morgen an; jetzt fühlten die Kolonisten wieder für derbere Vergnügungen Interesse. Das Schmausen und Trinken begann von neuem. Es war vorauszusehen, daß der Jubel so lange anhalten mußte, bis der letzte Tropfen Alkohol vertilgt war.

Während dieses lärmenden Treibens kam die Wel-kiej auf die Insel Hoste zurück, achtundvierzig Stunden nach der Abfahrt des Avisoschiffes. Niemand schien sich zu erinnern, daß sie seit zwei Wochen abwesend gewesen, und diejenigen, die sie an Bord trug, wurden so empfangen, als hätten sie niemals die Insel verlassen. Der Kaw-djer konnte nicht begreifen, was vorging. Was bedeutete die unbekannte Flagge, die am Strande wehte, und der allgemeine Jubel, der die Emigranten beherrschte.?

Harry Rhodes und Hartlepool setzten ihn mit wenigen Worten von den Ereignissen der letzten Tage in Kenntnis. Der Kaw-djer hörte den Bericht sehr bewegt an. Seine Brust hob sich, als ob eine schwere Last von seinem Herzen gefallen sei, er atmete tief auf, die Luft schien ihm jetzt reiner, kräftiger und sein Angesicht strahlte wie verklärt. Es gab also doch noch freies Land im Magalhães-Archipel!

Aber er belohnte die ihm gemachten Mitteilungen nicht mit gleichem Vertrauen und sprach sich über die Gründe, die ihn bewogen hatten, während vierzehn Tagen die Insel zu meiden, nicht aus. Wozu auch? Hätte er es Harry Rhodes begreiflich machen können, warum er – treu seinem Entschluß, jede Beziehung zur zivilisierten Welt abzubrechen – fortgesegelt war, als er das Nahen des Avisoschiffes bemerkt hatte, das nach seiner Meinung Order hatte, die Autorität der chilenischen Regierung zu proklamieren, und warum er – in einer kleinen Bucht der Halbinsel Hardy verborgen – die Abfahrt des Dampfers abgewartet hatte, ehe er zum Lager zurückkehrte.

Seine Freunde waren überglücklich, ihn wieder zu sehen und quälten ihn nicht mit Fragen. Für Harry Rhodes und Hartlepool war seine bloße Gegenwart eine große Stütze. Das Bewußtsein, diesen Mann eiserner Energie zur Seite zu haben, mit seiner überlegenen Intelligenz und seinem freundlichen Wesen, gab ihnen das Vertrauen auf die Zukunft wieder zurück, das die Kinderei, die die anderen Gefährten an den Tag legten, bereits arg erschüttert hatte.

»Die Unglücklichen haben ihre Unabhängigkeit nur so aufgefaßt«, sagte Harry Rhodes, als er mit seinem Bericht zu Ende war, »daß sie das unbestreitbare Recht zu haben glauben, sich zu betrinken. Sie scheinen gar nicht daran zu denken, daß jetzt eine Organisation, eine Regierung notwendig wird.«

»Bah!« erwiderte der Kaw-djer nachsichtig. »Sie sollen auch ein paar gute Tage haben. Ihr Leben war ohnedies so freudenarm. Diese Überschwenglichkeit wird nicht lange andauern, sie werden von selbst den Ernst des Lebens wieder erfassen. Was die Einsetzung einer Regierung betrifft, so gestehe ich, daß ich die Notwendigkeit einer solchen nicht einsehe.«

»Aber es muß sich doch jemand darum bekümmern«, warf Harry Rhodes ein, »daß hier Ordnung geschafft wird.«

»Lassen Sie nur den Dingen ihren Lauf«, antwortete der Kaw-djer; »die Ordnung wird sich von selbst wieder einstellen.«

»Wenn ich aber an die jüngste Vergangenheit zurückdenke . . .«

»Die Vergangenheit ist nicht die Gegenwart«, unterbrach ihn der Kaw-djer. »Gestern fühlten sich unsere Gefährten noch als Bürger Amerikas oder Europas. Jetzt sind sie freie Hostelianer. Das ist ein gewaltiger Unterschied!«

»Ihre Ansicht wäre also . . .?«

»Sie auf der Insel Hoste, die ihnen gehört, ruhig leben zu lassen. Gesetze gibt es hier nicht, das ist ein großes Glück. Sie sollen sich nur hüten, sie zu erschaffen. Was sollten Gesetze auch bezwecken? Ich bin überzeugt, daß es im Wesen der menschlichen Natur liegt, Konflikte mit seinesgleichen zu vermeiden. Ohne die vielen Vorurteile, die durch jahrhundertelange Sklaverei gezeitigten Ideen würde man sich viel besser einrichten. Die Welt steht den Menschen offen. Sie sollen mit vollen Händen aus ihr schöpfen, sich in brüderlicher Eintracht an den reichen Schätzen erfreuen. Warum das Leben in Regeln zwängen wollen?«

Harry Rhodes schien nicht sehr überzeugt von dieser optimistischen Ansicht. Aber er schwieg dazu.

Hartlepool ergriff das Wort:

»Bis die Schwelger andere Beweise ihrer brüderlichen Gesinnung gegeben haben als beim Essen, behalten wir aber die Waffen und die Munition in

Verwahrung.«

Dank der Fürsorge der »Gesellschaft für Kolonisation« enthielt die Ladung des »Jonathan« auch einen Waffenvorrat; sechzig Gewehre, einige Pulverfässer, Kugeln, Blei und Patronen, damit die Emigranten die wilden Tiere jagen und sich nötigenfalls gegen die Angriffe ihrer Nachbarn in der Delagoa-Bai verteidigen könnten. Niemand erinnerte sich an dieses Kriegsmaterial; niemand – außer Hartlepool. Er hatte sich die allgemeine Unordnung und Verwirrung zunutze gemacht und es vorsichtigerweise in Sicherheit gebracht. Vielleicht wäre er um ein passendes Versteck in Verlegenheit gewesen, hätte ihm nicht Dick die Existenz der unterirdischen Grotten verraten, die die Ostspitze der Insel unterminierten. Von Harry Rhodes und den beiden Schiffsjungen unterstützt, hatte er während der ersten von den Emigranten durchtollten Nacht Waffen und Munition in die hochgelegene Grotte geschafft, wo sie tief eingegraben wurden. Erst jetzt fühlte sich Hartlepool beruhigt. Der Kaw-djer war mit seiner Klugheit und Vorsicht einverstanden.

»Sie haben recht getan, Hartlepool«, belobte er den gewesenen Hochbootsmann. »Im Laufe der Zeit werden wir ja sehen; aber in dieser Gegend brauchen unsere Gefährten wirklich keine Feuerwaffen.«

»Sie haben auch keine«, behauptete Hartlepool, »an Bord des ›Jonathan‹ wurden die Vorschriften genau eingehalten. Die Emigranten sowohl als auch deren Gepäck wurden bei der Einschiffung genau durchsucht und alle Schußwaffen sind mit

Beschlag belegt worden. Es gibt keine Feuerwaffe auf der Insel, außer denen, die wir versteckt haben, und die wird niemand finden. Folglich . . .«

Hartlepool brach plötzlich seine Rede ab. Er schien bestürzt zu sein.

»Tausend Teufel! . . .« rief er aus. »Es gibt doch noch andere Gewehre. Wir haben ja nur achtundvierzig anstatt der eingeschifften sechzig gefunden. – Aber da fällt mir ein: die zwölf fehlenden sind von Rivière, Gordon, Gimelli und Ivanoff mitgenommen worden. Zum Glück sind dies gesetzte, vernünftige Leute, von denen nichts zu fürchten ist.«

»Es gibt noch andere Gefahren, außer den Schußwaffen«, bemerkte Harry Rhodes. »Zum Beispiel den Alkohol! Jetzt ist man ja gut Freund, aber das wird nicht immer so bleiben. Lazare Ceroni hat sich wieder schön aufgeführt. Ich habe in Ihrer Abwesenheit Ordnung schaffen müssen. Ich glaube, ohne meine und Hartlepools Dazwischenkunft hätte er diesmal seine Frau umgebracht.«

»Dieser Mensch ist ein wahres Ungeheuer«, sagte der Kaw-djer.

»Nicht mehr und nicht weniger als alle Trunkenbolde . . . Jedenfalls ist es ein Glück für die beiden Frauen, daß Halg wieder da ist . . . Wie geht es eigentlich unserem jungen Wilden?«

»So gut, wie es einem jungen Mann in seiner Geistesverfassung gehen kann. Ich brauche Ihnen nicht erst zu sagen, daß er mich und seinen Vater nicht sehr freudigen Herzens begleitet hat. Ich mußte meine ganze Autorität einsetzen und ihm mein Wort geben, daß wir hierher zurückkehren würden. Da die Familie Ceroni auf der Insel Hoste bleibt, erleichtert dies die Sache sehr. Ein Hindernis bilden nur die bösen Gewohnheiten Lazares. Es ist zu hoffen, daß er sich bessert, sobald sein Alkoholvorrat erschöpft sein wird.«

Halg hatte indessen – ahnungslos, daß das Gespräch sich um seine Person drehte – seinen Vater als Wache bei der Wel-kiej zurückgelassen und sich beeilt, Graziella zu begrüßen. Wie groß war die beiderseitige Freude, sich nach der langen Trennung wiederzusehen. Aber bald wich die Freude großer Traurigkeit. Graziella erzählte dem jungen Indianer die neuerlichen Verirrungen ihres Vaters und die bösen Zeiten, die ihre Mutter und sie durchgemacht hatten. Zu allem Elend kamen noch die hinterlistigen Annäherungsversuche Pattersons und die brutale Verfolgung von seiten Sirks. Sie konnte auch nicht einen Schritt außer Haus gehen, ohne sich den Frechheiten dieses rohen Menschen auszusetzen. Halg hörte sie an, bebend vor innerlicher Entrüstung.

In einem Winkel der Hütte verschlief Lazare Ceroni seinen letzten Rausch unter lautem Schnarchen. Es war umsonst, sich Illusionen hingeben zu wollen. Kaum erwacht, wurde er abermals eine Beute seines Lasters, mischte sich neuerdings unter die Zechenden, welche in einem nicht endenwollenden Festjubel schwelgten.

Aber schon änderte diese Feststimmung ihren Charakter. Die Aufregung zeigte nicht mehr den unschuldigen, kindlichen Charakter des ersten Tages. Der Alkohol waltete seines Amtes; viele Gesichter trugen bereits einen bösartigen Ausdruck zur Schau. Die Depression, die jeder Rausch nach sich zurückließ, ließ sich nur durch stets größere Dosen bannen, und den anfänglichen leichten berauschenden Wirkungen folgte bald ein schwerer betäubender Rausch; wurde dann die Ration noch vergrößert, dann war das Stadium der Raserei erreicht.

Einige fühlten die Gefahr und zogen sich zurück. Allsogleich trat der gesunde Menschenverstand in seine Rechte, und sie dachten über ihre Existenz auf der Insel Hoste ernstlich nach.

Es war ein schwieriges, aber nicht unlösliches Problem. Dank ihrer Flächenausdehnung von zweihundert Quadratkilometern, ihres größtenteils anbaufähigen Bodens, ihrer Wälder und Weideplätze, hätte die Insel leicht eine bedeutend größere Menschenanzahl ernähren können; aber dann durfte man nicht für ewige Zeiten festgebannt an der Scotchwell-Bai sitzen bleiben, sondern mußte sich über das Binnenland zerstreuen. Die notwendigen Ackergeräte waren in genügender Anzahl mitgenommen, auch Samen gab es übergenug und alles zur Gründung einer Landwirtschaft notwendige Material war vorhanden. Auch war die Mehrzahl der Emigranten mit der Feldarbeit wohlvertraut. Was wäre für sie natürlicher gewesen, als sich in dem neuen Vaterland in dieser Richtung zu beschäftigen, so wie sie es in der alten Heimat getan.

Freilich waren die Haustiere in ungenügender Anzahl vertreten, aber durch die Bemühung der chilenischen Regierung sollten dieselben aus Patagonien, den argentinischen Pampas, der ausgedehnten Ebene des Feuerlands und auch von den Falklands-Inseln eintreffen; die letzteren waren durch ihre auf hoher Stufe stehende Schafzucht berühmt. Im Prinzip war alles einem guten Erfolg dieses ersten Kolonisationsversuches günstig, aber die Ansiedler mußten sich eben tapfer rühren, um etwas zu erreichen.

Eine kleine Anzahl von Emigranten hatte eingesehen, wie nötig die augenblickliche Inangriffnahme der Arbeit seit der Unabhängigkeitserklärung war. Diese wenigen – unter ihnen Patterson – waren nach der Verteilung des Alkohols zu den Vorräten zurückgekehrt, wo jeder unter den zur allgemeinen Verfügung stehenden Dingen eine wohlüberlegte Wahl traf, jeder mit Rücksicht auf das Projekt, das er auszuführen gedachte, für das er sich entschieden hatte: der eine für Anbau, der andere für Viehzucht, ein dritter für den Waldbetrieb usw. Dann hatten sie sich vor rasch improvisierte Karren gespannt und mit den eroberten Schätzen ein ihren Plänen günstiges Terrain gesucht.

Patterson blieb am Ufer des Flusses. Durch Long und Blaker unterstützt (welcher trotz der traurigen Erfahrung, die er gemacht hatte, darauf bestand, bei ihm zu bleiben), begann er damit, sein kleines Reich, von dem er gleich anfangs so energisch Besitz ergriffen hatte, abzuschließen. Bald umgab ein aus festen Pfählen gebildeter Zaun das Häuschen von drei Seiten; die vierte war vom Flusse begrenzt. Gleichzeitig wurde die Erde innerhalb dieser Umzäunung umgegraben und für einen Gemüsegarten bestimmt; denn Patterson wollte Gemüsebauer werden.

Nach zwei Tagen des Festtaumels fanden einige andere Emigranten, der Freude sei nun genug geschehen und dachten wieder an ernstere Dinge. Sie wurden gewahr, daß mehrere ihrer Gefährten ihre wirklichen Interessen nicht vernachlässigt hatten und statteten nun ihrerseits dem Vorratszelt einen Besuch ab. Alles war noch in Hülle und Fülle vorhanden, so daß es ihnen leicht wurde, sich alles Nötige, selbst Überflüssiges anzueignen. Nachdem ihre Wahl getroffen und ein Fortbewegungsmittel geschaffen war, entfernten sie sich auf den Spuren ihrer Vorgänger.

In den folgenden Tagen fand das Beispiel immer mehr Nachahmung, so daß die dem Nichtstun und nur den Vergnügungen lebende Gruppe täglich zusammenschrumpfte, während immer neue Karawanen ins Innere der Insel zogen. Einer nach dem anderen verließen fast alle Kolonisten die Ufer der Scotchwell-Bai; einer war wie ein Maulesel schwer bepackt, ein anderer wieder hatte sich als Zugtier vor seinen Karren gespannt, wenige sah man ohne Bürde, viele zogen die Frau und eine Kinderherde hinter sich her.

Natürlich wurden die Vorräte des »Jonathan«, je mehr daraus weggenommen wurde, immer kleiner und die letzten Nachzügler waren vor eine sehr beschränkte Wahl gestellt. Zwar gab es noch genug zu nehmen, aber die Transportschwierigkeiten gestatteten nicht, allzuviel mitzuschleppen und zogen der Habgier enge Grenzen. Bei den landwirtschaftlichen Geräten und dem lebenden Material war das nicht der Fall. Mehr als dreihundert Kolonisten mußten auf Haustiere und Geflügel verzichten und viele erhielten an Ackergeräten nur die schlechten Reste, die die anderen verschmäht hatten. Und doch mußten sie sich damit zufrieden geben, weil eben nichts anderes da war, und wenn auch die schlechter Beteilten mit Neid auf die bessere Habe der anderen blickten, die schneller gewesen waren als sie, so fügten sie sich schließlich ins Unvermeidliche und wanderten auch ihrerseits ins Ungewisse hinein.

Jene Emigranten, die mit den schlechtesten Werkzeugen versehen waren, hatten auch sonst einen bösen Stand; der Auszug wurde ihnen schwer gemacht. Ob sie sich nach Norden oder Westen wandten – nach allen Seiten hin war das Land schon in Besitz genommen von ihren klügeren Vorgängern.

Einige besonders vom Mißgeschick Verfolgte mußten, um ein passendes Fleckchen Erde zu finden, bis zur Halbinsel Dumas vordringen und den tiefen Meereseinschnitt, der unter dem Namen Ponsonby-Sund bekannt ist, umgehen. Sie waren mehr als hundert Kilometer von der Scotchwell-Bai entfernt, die ja immer noch als Hauptlagerplatz, als Hauptstadt könnte man sagen, betrachtet werden mußte.

Sechs Wochen, nachdem das Avisoschiff die Insel verlassen, war diese Hauptstadt fast entvölkert. Nachdem die meisten Kolonisten, welche mit Schaufel und Hacke umzugehen verstanden, fortgezogen waren, zählte sie nur mehr einundachtzig Einwohner, deren frühere Beschäftigungen sie für den Ackerbau untauglich machten.

Mit Ausnahme von zwölf Landleuten, welche

aus Gesundheitsrücksichten vorläufig zurückgeblieben waren – ein einziger von ihnen war verheiratet und von seiner Frau und drei Kindern begleitet – war die Bevölkerung des einzigen Zufluchtsortes der jetzt überall hin zerstreuten Menge von früheren Städtebewohnern gebildet. Dazu zählten John Rame, die Familie Rhodes, Beauval, Dorick und Fritz Groß, die fünf Matrosen, Kennedy, der Koch, die zwei Schiffsjungen und der Hochbootsmann des »Jonathan«, Patterson, Long und Blaker, sämtliche dreiundvierzig wirklichen und sogenannten Arbeiter, welche sich unter allen der Feldarbeit am meisten abgeneigt zeigten, ferner Lazare Ceroni samt Familie und endlich der Kaw-djer mit seinen indianischen Gefährten Halg und Karroly.

Diese letzteren hatten das linke Ufer des Flusses nicht verlassen, an dessen Mündungsstelle die Wel-kiej verankert lag, in einer stillen Bucht, die vor den großen Stürmen wohlgeschützt war. Nichts hatte sich in ihrem Leben geändert. Der einzige Unterschied bestand darin, daß sie die einfache Ajoupa, die ihnen doch nur ungenügenden Schutz verliehen hatte, durch eine festere Behausung ersetzten.

Nachdem jetzt von einem Verlassen der Insel Hoste nicht mehr die Rede war, mußte man sich doch etwas besser einzurichten trachten als im Vorjahre.

Der Kaw-djer hatte Karroly schon seinen Willen kundgetan, die Neue Insel nicht mehr zu betreten.

Nachdem noch ein freies Land existierte, wollte er bis zum letzten Lebenstag darauf verweilen. Halg war entzückt von diesem Entschluß, der mit seinen eigenen Wünschen so gut übereinstimmte. Was Karroly betrifft, so fügte er sich wie immer dem Willen desjenigen, den er als seinen Herrn betrachtete, ohne Widerrede, obwohl er von seinem neuen Wohnort nicht mehr viel zu Lotsendiensten zugezogen werden würde. Dieser Nachteil war dem Kaw-djer nicht entgangen, aber er wollte die Folgen tragen. Auf der Insel Hoste mußte man einfach nur von dem Ergebnis der Jagd und des Fischfanges leben; wenn das nicht genügte, mußte man sich eben mit der Zeit einen anderen Ausweg ausdenken. Entschlossen, alles sich selbst allein zu verdanken, weigerte er sich, seinen Anteil von den Vorräten annehmen zu wollen.

Aber er trieb seine Entsagung nicht so weit, auch die zerlegbaren Häuser zu verschmähen, deren viele durch das Fortziehen ihrer einstigen Bewohner leer geworden waren. Eines dieser Häuser wurde stückweise an das linke Flußufer transportiert, dort aufgerichtet und durch Doppelwände verstärkt, die in wenigen Tagen fertiggestellt waren. Einige der Arbeiter hatten aus eigenem Antrieb dem Kaw-djer ihre Dienste angeboten, was dieser ohne Umstände annahm. Nach beendeter Arbeit dachten die Leute gar nicht daran, einen Lohn zu verlangen, und nachdem diese Ansicht ganz mit den Grundsätzen des Kaw-djer übereinstimmte, dachte er gar nicht daran, ihnen eine Entschädigung anzubieten.

Nachdem das Haus fertig dastand, fuhren Halg und Karroly auf der Wel-kiej nach der Neuen Insel, von wo sie drei Wochen später die Möbel ihrer früheren Wohnung brachten. Ein Lotsendienst hatte Karroly unterwegs aufgehalten und die Abwesenheit der Indianer verlängert, dafür aber dem Feuerländer die Mittel gebracht, sich mit Lebensmitteln und Munition in genügender Menge zu versehen, um im nächsten Winter damit versorgt zu sein.

Nach seiner Rückkehr ging das Leben seinen gewöhnlichen Gang weiter. Karroly und sein Sohn waren mit Fischfang beschäftigt und schafften Salz herbei, um den Überfluß ihrer täglichen Beute gleich einsalzen zu können. Während dieser Zeit durchstreifte der Kaw-djer die Insel auf der Suche nach Wild.

Durch diese ununterbrochenen Streifzüge blieb er in steter Verbindung mit den Kolonisten, die er fast alle der Reihe nach besuchte. Er konnte gleich anfangs bemerken, daß bedeutende Unterschiede sich bei ihnen fühlbar machten. Ob nun diese Unterschiede in einer ungleichen Verteilung der Fähigkeiten der einzelnen bestanden, ob der eine mehr Glück, größere Ausdauer als der andere hatte, der Erfolg wie der Mißerfolg ließen sich schon jetzt bei dem einen wie bei dem anderen deutlich erkennen.

Die Unternehmungen der vier Familien, welche sich als erste abgesondert und die Arbeit gleich in Angriff genommen hatten, gediehen prächtig und mußten zu den glänzendsten gerechnet werden. Das war nicht zu verwundern, denn sie arbeiteten schon am längsten. Die Säge Rivières war schon lange in Betrieb, die bereits geschnittenen Bretter hätten zwei bis drei große Schiffe zum Transport gebraucht.

Germain Rivière empfing den Kaw-djer mit aufrichtiger Freude und erkundigte sich nach dem Ergehen der Bewohner des Lagers; er bedauerte nur, nicht bei der Wahl der Regierungsform anwesend gewesen zu sein. Welche Art der Organisation hatte die Majorität für den jungen Staat ins Auge gefaßt? Wen hatte sie zum Oberhaupt gewählt?

Groß war seine Enttäuschung, als er hörte, daß nichts derartiges vorgefallen war, daß die Emigranten, einer nach dem anderen, fortgezogen waren, ohne irgendeine Regierungsform zu besprechen. Noch größer wurde sein Staunen, als er zu bemerken glaubte, daß der Kaw-djer, für den er so warme Gefühle aufrichtiger Dankbarkeit und unbegrenzter Achtung hegte, ein so unvernünftiges Beginnen ganz in der Ordnung zu finden schien. Dann zeigte er diesem die mächtigen Stöße der geschnittenen Bretter, die er am Flußufer in langen Reihen aufgestapelt hatte.

»Und mein Holz?« fragte er vorwurfsvoll, »Wie soll ich denn mein Holz verkaufen?«

»Warum«, sagte der Kaw-djer, »sollen es Leute an Ihrer Stelle verkaufen, welche doch keinen Gewinn dabei haben. Ich bin übrigens gar nicht beunruhigt, sondern überzeugt, daß Sie sich sehr gut aus der Klemme ziehen werden.«

»Das ist schon möglich«, meinte Germain Rivière, »aber meine Mühe wäre dadurch bedeutend vereinfacht, wenn, gegen eine kleine Entschädigung, sich jemand um die Interessen der einzelnen und die allgemeinen Bedürfnisse der Kolonie bekümmern würde. Wenn man die Arbeit nicht ein wenig einteilt, wenn jeder nur an sich denken und darauf ausgehen muß, alles Nötige durch eigene Kraft zu verschaffen, wird das Auskommen nicht leicht sein! Ein wechselweiser Austausch von Dienstleistungen, Dienste und Gegendienste, würde meiner Meinung nach das Leben sehr erleichtern.«

»Haben Sie denn so viele Bedürfnisse?« fragte lächelnd der Kaw-djer.

Aber Germain Rivière lächelte nicht; er schien verstimmt und sehr beschäftigt.

»Es ist doch natürlich, daß man sich von seiner Arbeit auch Erfolg erhofft«, sagte er. »Wenn die Insel Hoste mir diese berechtigte Hoffnung nicht erfüllt, wenn der Fleiß von außen gar nicht unterstützt wird, werde ich nicht hier bleiben – und viele andere denken wie ich! – sondern in einem freundlicher gesinnten Lande meine Lebenstage beschließen, sobald ich die dazu nötigen Ersparnisse gemacht haben werde. Bis dahin werde ich mir allerdings – wie Sie vorhin sagten – zu helfen wissen, mich aus der Klemme ziehen, und andere werden es mir gleichtun. Diejenigen, die dessen nicht fähig sind, werden dann an der Scholle kleben bleiben.«

»Sie sind ehrgeizig, Herr Rivière«, rief der Kaw-djer.

»Wenn ich es nicht wäre, würde ich mir nicht so viel Mühe geben«, entgegnete Germain Rivière.

»Ist es denn nützlich und notwendig, sich so anzustrengen?«

»Sehr notwendig. Wo bliebe dann der Fortschritt, ohne unsere vereinten Mühen und Plagen? Die Welt würde ja in den Urzustand zurückfallen!«

»Der Fortschritt«, sagte der Kaw-djer bitter, »der immer nur einigen wenigen Auserwählten zugute kommt . . .«

»Ja, denen, die am meisten Ausdauer und Geschicklichkeit zeigen!«

»Ersteht nur zum Nachteile der großen Menge des Volkes.«

»Der Feiglinge und Müßiggänger! Solche Menschen sind überhaupt nicht viel wert. In einem gut verwalteten Lande werden sie vielleicht ein elendes Dasein führen; sich selbst überlassen, werden sie an ihrem Elend zugrunde gehen.«

»Aber man braucht ja so wenig zu seinem Auskommen.«

»Immer zu viel, wenn man krank, dumm oder ein Schwächling ist. Diejenigen, welche sich in dieser Lage befinden, müssen von einem höheren Willen geführt werden. Existieren keine Gesetze, deren wohltätiger Einfluß doch anerkannt werden muß, so unterliegen sie eben der Tyrannei, der rohen Gewalt.«

Der Kaw-djer schüttelte den Kopf, er war nicht überzeugt. Er kannte ja diese Redensarten und hatte dasselbe Lied schon so oft singen hören. Die menschliche Unvollkommenheit, die Ungleichheit der Geburt – das sind die Gründe, die immer vorgebracht werden, um den Zwang und die Unterdrückung zu rechtfertigen; aber gerade dadurch werden neue Übel geschaffen und die bestehenden nicht aufgehoben, ein Zustand, der im Gang der Welt unzulässig ist.

Und doch war er etwas erschüttert in seinem innersten Inneren. Wenn er sich des Benehmens Lewis Doricks und seiner Bande während des letzten Winters erinnerte, an ihre schamlose Ausbeutung der Schwachen dachte, so sprach das sehr für die eben vernommene Meinung eines Mannes, dessen ehrenwerten Charakter er hochschätzte.

Bei den Nachbarn Germain Rivières empfing er die gleichen Eindrücke. Gimelli und Ivanoff hatten auf mehreren Hektaren Landes Weizen und Korn gesät. Die junge Saat sproßte schon aus dem Boden in prangendem Grün hervor und versprach für den Monat Februar eine reiche Ernte. Bei Gordon dagegen war kein großer Fortschritt zu verzeichnen. Seine durch starke Umzäunungen abgegrenzten, großen Weideplätze waren noch nicht sehr bevölkert, aber sie wußten, daß der Viehstand sich in nächster Zeit stark vermehren würde. Dann würden sie Milch und Butter im Überfluß haben, so wie sie jetzt schon mit Eiern reichlich versehen waren.

In den Zwischenpausen seiner Jagdausflüge beschäftigte sich der Kaw-djer mit Arbeiten in einem kleinen Garten, der an dem Häuschen lag, und Halg und Karroly widmeten dieser Beschäftigung jene Stunden, die nicht durch den Fischfang ausgefüllt waren. Er sollte ihnen alles zum Leben nötige Gemüse tragen, so daß sie ganz unabhängig waren.

Sie führten ein tatenreiches, wohl ausgefülltes Leben. Allerdings mußten sie auf die Annehmlichkeiten verzichten, die der Aufenthalt in einem mehr fortgeschrittenen, zivilisierten Lande bietet; aber der Kaw-djer vermißte gerne diese Bequemlichkeiten und Vorteile, wenn er den Preis bedachte, den man dafür bezahlen muß. Er wünschte nicht mehr zu besitzen, als er augenblicklich sein eigen nannte, war vollkommen zufrieden mit seinem Dasein und fühlte sich vollkommen glücklich.

Ebenso stand es mit seinen beiden Gefährten, welche niemals andere Verhältnisse kennengelernt hatten, niemals aus dem Horizont des Magalhães-Archipels hinausgetreten waren. Karroly hatte nie eine andere Existenz erträumt und fühlte sich in seinem Wirkungskreis sehr befriedigt, und für Halg bestand das Glück in den kurzen Augenblikken, die er bei Graziella verbringen durfte, wenn die Pflicht ihn nicht zur Arbeit rief.

Die Familie Ceroni, welche gleichfalls eines der von den fortgezogenen Emigranten verlassenen Häuser bezogen hatte, begann sich jetzt langsam von den Schreckenstagen zu erholen, die früher so häufig gewesen waren und jetzt endlich ein Ende erreicht zu haben schienen. Lazare Ceroni hatte in der Tat aufgehört zu trinken, durch zwingende Gründe dazu veranlaßt: es war auf der ganzen Insel Hoste kein Tropfen Alkohol mehr aufzutreiben. So war er denn zu einem mäßigen Leben verurteilt, aber seine Gesundheit hatte durch die letzten häufigen Ausschreitungen sehr gelitten. Man sah ihn fast immer vor der Türe seines Hauses sitzen, wo er sich in der Sonne wärmte, mit zitternden Händen, die Blicke finster zu Boden gerichtet.

Tullia hatte mit unermüdlicher Geduld und Sanftmut diese Stumpfheit zu bekämpfen gesucht, die sie mit großer Unruhe erfüllte; es war aber umsonst. Alle freundlichen Versuche blieben erfolglos; jetzt war ihre einzige Hoffnung der Umstand, daß Lazare gezwungen war, ein der Gesundheit zuträglicheres Leben zu führen und daß die heilende Zeit günstig auf ihren Mann einwirken werde.

Halg, welcher anders urteilte als die bekümmerte Frau, fand seit Eintritt der Friedensperiode das Dasein viel leichter zu ertragen. Auch in anderer Hinsicht schienen die Ereignisse für ihn – der alles auf Graziella bezog – eine günstigere Wendung zu nehmen. Lazare Ceroni, dessen feindselige Stimmung er früher gefürchtet hatte, zählte nicht mehr, und der eine seiner gefährlichen Rivalen, der Irländer Patterson, hatte den Wettbewerb endgültig aufgegeben.

Er ließ sich nicht mehr blicken und belästigte Graziella und deren Mutter nicht mehr durch seine Gegenwart. Wahrscheinlich hatte er eingesehen, daß er bei dem Geisteszustand seines Verbündeten nicht auf dessen Hilfe rechnen durfte.

Ein anderer ließ sich dafür nicht abschrecken. Von Tag zu Tag wurde er zudringlicher. Er suchte Graziella auf alle mögliche Weise einzuschüchtern, bedrohte sie und griff schließlich – obwohl in viel vorsichtigerer Weise – Halg selbst an. Gegen Ende Dezember, als der Indianer dem unverschämten Menschen begegnete, hörte er diesen beleidigende Worte murmeln, die unzweifelhaft dem jungen Manne galten. Als er wenige Tage darauf zum linken Flußufer ging, flog ein mit Wucht geschleuderter Stein in ganz geringer Entfernung von seinem Gesichte vorbei.

Halg erriet natürlich den Urheber dieser Angriffe, hatte aber zu viel von den Ideen des Kawdjer angenommen, um den Gedanken an Rache in sich aufkommen zu lassen. Er schien auch während der folgenden Tage die Herausforderungen seines Feindes nicht zu bemerken und strafte dieselben mit stillschweigender Verachtung. Aber Sirk, durch die ruhige Haltung Halgs in Sicherheit gewiegt, trieb seine Frechheit bald zum äußersten, so daß Halg gezwungen wurde, sich zu verteidigen.

Lazare Ceroni fühlte dank seiner langsamen Verblödung nicht die Schrecken der Untätigkeit; anders stand es mit den anderen Arbeitern, seinen Kameraden. Diese wußten nichts mit ihrer Zeit anzufangen und die Denkenden unter ihnen konnten sich ernstlicher Sorgen ob der Zukunft nicht entziehen. Es war ja ganz recht, auf der Insel Hoste geblieben zu sein – aber es mußte doch für ihr künftiges Leben vorgesorgt werden. Wer A sagt, muß auch B sagen. Freilich ging ihnen vorläufig nichts ab, aber was machen, bis die Vorräte erschöpft waren?

Sowohl um dieser drohenden Gefahr der Zukunft zu begegnen, als um die Langeweile der Gegenwart zu bekämpfen, wurden fast alle erfinderisch. Die Not soll ja Erfinder erschaffen. Einen lange gehegten Wunsch zur Ausführung bringend, hatte jeder etwas unternommen, nach seinem Geschmack und seinen Neigungen. Oberhalb vieler Türen prangten Schilder, deren Inschriften besagten, daß hier ein Schlosser, Maurer, Tischler, Schuhmacher oder Schneider sein Handwerk ausübe. Unglücklicherweise wollten sich keine Kunden einstellen. Und selbst wenn ihre Erzeugnisse verkauft worden wären, was hätten sie mit dem erworbenen Gelde anfangen sollen? Es war ihnen ganz unmöglich, es in irgendwelcher Weise zu verwerten; insbesondere konnten sie keine Lebensmittel dafür kaufen, deren Anschaffung, in den gegebenen Verhältnissen, von größter Wichtigkeit war.

Vielleicht waren aus diesem Grunde diejenigen klüger zu nennen, welche ihre Talente nicht verwerteten, sondern einzig und allein auf die Beschaffung von Lebensmitteln bedacht waren. Nachdem sie keine Feuerwaffen besaßen, konnten sie nicht auf die Jagd gehen, auch den Ackerbau konnten sie infolge ihrer totalen Unkenntnis nicht pflegen, so erhofften sie denn alles vom Ertrage des Fischfanges und hatten sich – dem Beispiel vieler Genossen folgend – auf die Fischerei geworfen.

Außer dem Kaw-djer hatten sich auch Hartlepool und seine Matrosen des »Jonathan« gleich in den ersten Tagen auf den Fischfang verlegt. Die fünf Seeleute hatten nach dem Muster der Wel-kiej eine Schaluppe derselben Größe erbaut und ehe sie ganz fertiggestellt war, bedienten sie sich leichter Pirogen, die sie nach Art der Feuerländer rasch hergestellt hatten.

Der Kaw-djer, Hartlepool und seine Matrosen bewahrten die Fische, deren sie zum täglichen Gebrauch nicht bedurften, in Salz auf. Auf diese Weise beugten sie der Gefahr des späteren Hungerleidens vor.

Von ihren Erfolgen angelockt, war es einigen Arbeitern gelungen, zwei kleine Fahrzeuge herzustellen und nun warfen auch sie Angeln und Netze aus.

Aber das Fischen ist eine Kunst wie jede andere; wer dabei vorwärtskommen will, muß sie durch lange Übung erlernt haben. Die Dilettanten machten trübe Erfahrungen. Während die ausgeworfenen Netze Karrolys und seines Sohnes, Hartlepools und seiner Matrosen unter der Last der gefangenen Fische zu zerreißen drohten, waren die ihren meistens leer. Sie sahen bald ein, daß sie sich auf diese Weise keine Nahrungsvorräte schaffen konnten, höchstens brachten sie in ihre tägliche Speisekarte ein wenig Abwechslung. Aber selbst dieses bescheidene Resultat konnten sie höchst selten aufweisen und kamen oft mit ganz leeren Händen zurück.

Eines Tages, als sie wieder nach längerem Verweilen auf dem Wasser einen Mißerfolg zu verzeichnen hatten, begegneten sie der Wel-kiej, welche Halg und Karroly von ihrem gewöhnlichen Ankerplatz brachten; auf dem Deck der Schaluppe lagen, schön in Reihen geordnet, etwa zwanzig Fische, einige unter ihnen von außergewöhnlicher Größe. Dieser Anblick erweckte den Neid der weniger begünstigten Fischer.

»He, ihr Indianer!« rief sie einer der Arbeiter an, die das Fischerboot bemannten.

Karroly ließ sie herankommen.

»Was wollt ihr?« fragte er, als sie sich der Wel-kiej genähert hatten.

»Schämt ihr euch nicht, eine derartige reiche Ladung für euch selbst zu behalten, während so viele arme Teufel fast am Hungertuch nagen müssen?« fragte scherzend derselbe Arbeiter.

Karroly lachte. Er war zu lange Zeit mit den altruistischen Ideen des Kaw-djer bekannt, um um die richtige Antwort verlegen zu sein. Was ihm gehörte, darauf hatten auch andere ein Recht. Wenn man im Überflusse lebte, war es ganz natürlich, den Ärmeren, Mangel Leidenden abzutreten, das schien ihm selbstverständlich.

»Fang' auf!« sagte er.

»Wirf nur herüber!«

Die Hälfte der erbeuteten Fische flog aus der Wel-kiej durch die Luft in das kleine Boot.

»Danke, Kamerad!« riefen die erfreuten Arbeiter einstimmig und legten sich wieder in die Ruder.

Obwohl Halg seinen Feind Sirk in dem Boote erkannt hatte, widersetzte er sich nicht diesem Akt der Großmut seines Vaters. Sirk war ja nicht allein, und dann soll man niemandem eine berechtigte Bitte verweigern, auch dem Feinde nicht. Der Schüler des Kaw-djer machte den Lehren seines Meisters alle Ehre, wie man sieht.

Während ein Teil der Kolonisten auf diese Weise die Zeit zunutze machte, lebten andere in völligem Nichtstun. Bei einigen schien dieses Sichgehenlassen ganz normal. Was hätten Fritz Groß und John Rame machen sollen; der erstere war durch seinen übermäßigen Alkoholgenuß physisch ganz heruntergekommen, zum bloßen Tier erniedrigt und der andere verstand vom wirklichen Leben so viel und so wenig als ein kleines Kind.

Für Kennedy und Sirdey hatten diese Entschuldigungen keine Geltung – und dennoch gehörten auch sie zu den unverbesserlichen Müßiggängern.

Auf ihre Erfahrungen vom letzten Winter bauend, waren sie auf der Insel Hoste geblieben in der Voraussetzung, auf Kosten anderer ein untätiges Leben zu führen, und sie wollten jetzt nicht enttäuscht sein. Bisher hatten sie auch alle Wünsche erfüllt gesehen. Mehr verlangten sie für den Augenblick nicht und ließen die Tage sorglos verstreichen, ohne sich um die Zukunft zu sorgen.

Auch Dorick und Beauval hatten sich vollständiger Trägheit ergeben. Ihre früheren Beschäftigungen waren keine gute Vorbereitung gewesen für diese besonderen Verhältnisse, und sie wußten nicht recht, wie ein und aus. Auf einer im Urzustand der Kultur stehenden Insel, inmitten einer rauhen, wilden Natur, waren die Kenntnisse des ehemaligen Advokaten und des Ex-Professors für Literatur und Geschichte ganz wertlos zu nennen.

Weder der eine noch der andere hatte die Ereignisse vorhersehen können, aber die Auswanderung des größten Teiles ihrer Gefährten hatte sie wie ein unerwarteter Schlag getroffen; diese hatte für sie die Wirkung einer Katastrophe und verwirrte ihre – übrigens ziemlich unklaren – Projekte. Durch diese Auswanderung ging Dorick seine nachgiebigste Kundschaft, Beauval das aufmerksamste Auditorium verloren, das heißt die Gesamtheit von Menschen, welche Politiker von Profession – wahrscheinlich ohne sich von dem Zynismus des Wortes Rechenschaft abzulegen – mit dem Namen »Wahlmaterie« bezeichnen.

Nach zwei Monaten der Entmutigung raffte sich Beauval auf. Wenn er es auch im richtigen Moment an Energie hatte fehlen lassen, wenn sich alles selbst gestaltet hatte, seiner Leitung entschlüpfte, sein Einfluß wankend geworden war, deshalb gab er seine Sache noch lange nicht verloren. Was nicht war, konnte die Zukunft bringen. Die Hostelianer hatten in ihrer Nachlässigkeit noch kein Oberhaupt gewählt, dieses Amt konnte er immer noch anstreben. Das wäre etwas für ihn gewesen!

Die geringe Anzahl der Wähler war kein Hindernis für den Erfolg. Im Gegenteil, in der dünngesäten Bevölkerung konnte man leichter zum Ziele gelangen. Um die Meinung der übrigen Kolonisten kümmerte man sich einfach nicht. Ohne allen Zusammenhang lebten sie auf der ganzen Insel verstreut; es war ganz ausgeschlossen, daß sie zu einem gemeinsamen Entschluß kommen könnten. Sollten sie einmal später ins Lager zurückkehren, so würde das nur in kleinen Gruppen geschehen, und wenn diese dann eine Regierung in voller Tätigkeit antrafen, würden sie sich eben vor den Tatsachen beugen.

Diesen neuen Plan hatte Ferdinand Beauval ständig im Auge und drängte zu seiner Ausführung. Wenige Tage der genaueren Beobachtung hatten ihm genügt, um sich klar darüber zu werden, daß die Zurückgebliebenen drei verschiedenen Strömungen folgten – abgerechnet die Neutralen, ganz Gleichgültigen. Mit Recht konnte er sich als Führer der einen Gruppe betrachten; die zweite gehorchte dem Einflusse Lewis Doricks und die dritten waren Parteigänger des Kaw-djer. Nach reiflichem Überlegen hatte er die drei Gruppen auf ungefähr gleiche Stärke abgeschätzt.

Auf dieser Grundlage baute Beauval seinen Feldzugsplan auf, seine Beredsamkeit hatte ihm bald ein halbes Dutzend neuer Anhänger geworben. Nun schritt er zu einer Scheinwahl. Zwei Wahlgänge waren notwendig – weil viele Wähler sich ihres Stimmrechtes enthalten hatten. Die große Anzahl dieser letzteren erklärte sich aus ihrer Unwissenheit und Unkenntnis der Wichtigkeit des Ereignisses, zu dem sie mithelfen sollten. Endlich hatte Beauval mehr als dreißig Stimmen für sich.

Nachdem er mit Hilfe dieses Taschenspielerstückchens gewählt war, nahm er seine Rolle ernst und sorgte sich nicht mehr um die Zukunft. Welchen Reiz hätte es dann, Staatsoberhaupt zu sein, wenn dieses nicht auf Kosten der Wähler leben könnte.

Aber andere Sorgen drückten ihn nieder. Der klare Menschenverstand sagte ihm, daß die Pflicht eines jeden Regenten im Regieren besteht. Damit hatte es aber seine Schwierigkeiten, und es war jedenfalls nicht so leicht, als er bisher gemeint hatte.

Gewiß wäre Lewis Dorick an seiner Stelle weniger verlegen gewesen. Die kommunistische Schule, der er angehörte, ist einfach und verständlich in ihren Lehren. Es ist klar, daß ihr Motto: »Alles gemeinsam!« – welchen Gedanken man sich auch über die materiellen und moralischen Folgen machen möge – leicht anzuwenden wäre, wenn es durch die Aufstellung strenger Gesetze, die ohne große Mühe erdacht werden konnten, die richtige Unterstützung fände und die Beteiligten sich geduldig darein fügen würden. Vielleicht hätten die Hostelianer nicht einmal so schlecht daran getan, damit einen Versuch zu wagen. Sie waren von beschränkter Anzahl, von der übrigen Welt abgeschnitten, also war die Möglichkeit gegeben, unter diesen günstigen Bedingungen das Unternehmen zu einem erfreulichen Abschluß zu bringen, und vielleicht wäre es ihnen dank ihrer außergewöhnlichen Lage gelungen, durch die praktische Anwendung der kommunistischen Zauberformel, sich das zum Leben Notwendige zu schaffen und in vollkommener Besitzgleichheit zu leben, das Problem der Nivellierung zur Durchführung zu bringen, und zwar nicht auf dem Wege des Emporhebens der Armen, sondern durch Herabdrücken des wirtschaftlich Stärkeren.

Zu seinem Unglück war Ferdinand Beauval kein Verfechter des Kommunismus, sondern des Kollektivismus, dessen Durchführung – wenn man dieselbe überhaupt ins Bereich der Möglichkeit stellt, da sie Übermenschliches fordert – einen noch feineren und verwickelteren Mechanismus verlangt.

Können diese Ideen jemals durchdringen? Niemand kann es sagen. Wenn die sozialistische Bewegung, deren Strömungen in der zweiten Hälfte des neunzehnten Jahrhunderts zu beobachten waren, nicht ohne Einfluß geblieben ist, wenn sie nur das günstige Resultat aufzuweisen hat, das allgemeine Mitleid erregt und die Aufmerksamkeit weiter Kreise auf die armen Schichten der Bevölkerung gelenkt, die Geister angeregt, Mittel und Wege ersonnen zu haben, der Not zu steuern, großmütige Entschlüsse zu zeitigen und den Beschluß von Gesetzen zu veranlassen, die nicht immer unbedingt zu verwerfen sind, so konnte dieses Resultat nur durch die strenge Aufrechterhaltung der Ordnung erlangt werden, die sie ja untergraben zu wollen vorgibt.

Wenn der Sozialismus auch auf dem Gebiete der leider so leichten Kritik der bestehenden Zustände Großes geleistet hat, so war er in der Ausarbeitung eines Reorganisationsplanes immer kraftlos gewesen. Alle jene, die sich darin versucht haben, haben Projekte ans Tageslicht gefördert, die von einer erstaunlichen Kindlichkeit der Auffassung sprechen.

Die unangenehme Seite der Stellung Ferdinand Beauvals lag gerade darin, daß er nichts zu kritisieren, nichts zu zerstören fand, nachdem auf der Insel Hoste nichts existierte und er sich der Notwendigkeit gegenübr sah, etwas zu schaffen!

Und dabei fehlten ihm alle Vorbilder.

Der Sozialismus ist keine Wissenschaft, die man aus Büchern lernt. Er bildet nicht ein abgeschlossenes Wissensmaterial. Seine Wirkungen sind zerstörender, nicht schöpferischer Natur. Beauval war nur auf seine Erfindungskraft angewiesen und kam bald zu der Überzeugung, daß es ungeheuer schwer ist, eine soziale Ordnung ins Leben zu rufen, und verstand mit einem Male, daß die Menschen – wenn sie sich in ihrem unsicheren Vorwärtstappen während des ewigen Werdeganges zu gegenseitigen Verträgen herbeilassen, um das Leben angenehmer zu gestalten – eben nicht anders handeln können.

Dennoch schwebte ihm ein Leitfaden vor Augen. Es gibt keine sozialistische Schule, die nicht die Unterdrückung der Konkurrenz fordert, indem sie die Sozialisation aller Produkte verlangt. Das ist die gemeinsame Forderung aller sozialistischen Sekten und ganz besonders das Kredo der Kollektivisten. Beauval brauchte sich nur danach zu richten. Aber wenn ein solcher Grundsatz auch seine Existenzberechtigung in einer seit alters her bestehenden Gesellschaft hat, wo der Erfolg von Jahrhunderten ungeheure Mengen von Arbeitsprodukten angehäuft hat, so konnte er auf der Insel Hoste nicht in Betracht kommen. Die wirklichen Werkzeuge der Produktion waren die Arme und die Schaffenskraft der Kolonisten, wenn man nicht – indem man den Kollektivismus durch den reinen Kommunismus verdrängte – die Ackergeräte, die Wälder, Felder und Wiesen dazurechnen wollte.

Während er in seinem Inneren diese schweren Fragen erwog, hatte seine Wahl ernste Konsequenzen. Das schon halb verlassene Lager leerte sich zusehends, man floh es.

Harry Rhodes gab als erster das Zeichen zum Aufbruch. Die Lage der Verhältnisse schien ihm nicht sehr beruhigender Natur; am selben Tage, der für Beauval die Erfüllung der heißesten Wünsche brachte, zog er über den Fluß hinüber. Sein Haus wurde niedergerissen, die einzelnen Teile auf das linke Flußufer geschafft, wo es einige Maurer wieder zusammenfügten, wie sie es seinerzeit auch mit dem festeren, behaglicheren Heim des Kawdjer gemacht hatten.

Harry Rhodes unterschied sich von seinem Freunde darin, daß er die Arbeiter gebührend bezahlte und diese waren gleichzeitig über den unerwarteten Lohn erfreut und bestürzt, denn sie wußten nicht, was sie mit dem Gelde beginnen sollten.

Das Beispiel der Familie Rhodes fand Nachahmer. Nach und nach verließen Smith, Wright, Lawson, Fock, ferner die Zimmerleute Hobard und

Charley ihre Wohnungen, um sich am anderen Flußufer ein neues Heim zu gründen. So bildete sich um das Haus des Kaw-djer ein neuer Ort, an dem Ufer, wo sich auch schon Hartlepool und die Matrosen niedergelassen hatten, ein Dorf, das drei Wochen nach der Unabhängigkeitserklärung der Insel einundzwanzig Einwohner zählte, darunter zwei Kinder, Dick und Sand, und zwei Frauen, Clary Rhodes und deren Mutter.

Das Leben in diesem werdenden Dorfe war ein sehr friedliches, nichts störte das allgemeine, gute Einvernehmen. Beauval mußte einmal herüberkommen, um die ersten Schatten in das stille Glück zu werfen.

An diesem Tage hatte Halg ein ernstes Gespräch mit dem Kaw-djer. In Harry Rhodes' Gegenwart bat er um Rat, wie er sich gegen einige Kolonisten des anderen Flußufers zu verhalten habe. Es handelte sich um die ungeschickten Fischer, welche einmal an das gute Herz der beiden Feuerländer appelliert hatten. Das Ergebnis ihrer versteckten Bettelei schien sie so befriedigt zu haben, daß sie seither, in immer kleiner werdenden Zwischenräumen, ihr damaliges Vorgehen wiederholten, und jetzt ging kaum ein Tag vorüber, an dem Halg nicht einen Teil seiner Beute an Fischen in ihren Besitz übergehen sah. Sie glaubten wohl, daß sic sich jetzt überhaupt nicht mehr anzustrengen brauchten, da man die Güte hatte, für sie zu arbeiten. Sie blieben daher ruhig auf dem Lande und erwarteten die Rückkehr der Schaluppe ab, um ihr dann, als ob sie ein Recht darauf hatten, einen Teil des Tagesergebnisses abzuverlangen.

Halg fing an, sich über diese Unverfrorenheit, diesen Mangel an Ehrgefühl zu ärgern, um so mehr, als sein Feind Sirk auch zu dieser Bande von Müßiggängern gehörte. Doch er wollte erst den Kaw-djer um seine Meinung befragen, ehe er ihnen eine abschlägige Antwort gab. Als gehorsamer Jünger gedachte er sich der höheren Weisheit und Erfahrung seines Meisters zu fügen.

Er saß mit seinen beiden Freunden am Strande, das unendliche Meer vor Augen, und erzählte alle Vorkommnisse der letzten Zeit bis ins einzelne. Die Antwort des Kaw-djer war kurz und bündig.

»Betrachte den weiten Weltraum vor dir, Halg«, sagte er mit ungewohnter Weichheit in der Stimme; »er lehrt dich eine weitere Lebensauffassung! Welche Torheit! Du bist ein winziges Staubkorn, das sich im unendlichen Weltganzen verliert – und du willst dich wegen einiger armseliger Fische aufregen! ... Die Menschen haben nur *eine* Pflicht, mein Sohn, die zur Notwendigkeit wird, wenn sie ausharren wollen und Sieger bleiben in ihrem Erdenwallen; und diese Pflicht ist: sich gegenseitig zu lieben und zu unterstützen, wie und wo sie nur können.

Diejenigen, deren Namen du erwähnt hast, waren pflichtvergessen; aber ist das ein Grund, es ihnen gleichzutun? Es ist eine so unendlich einfache Regel: zuerst für das eigene Auskommen sorgen; dann aber, nachdem dieser Pflicht gegen sich selbst Genüge getan ist, hat man an die Nächsten zu denken; je mehr man beglücken kann, desto besser! Was kümmert es dich, wenn sie auf Abwege geraten? Es ist ihre Schuld und Schande, nicht die deine!«

Halg hatte ehrerbietig dieser Auseinandersetzung gelauscht. Vielleicht hatte er die Absicht, etwas darauf zu erwidern, als der Hund Zol, der zu Füßen der drei Männer ausgestreckt lag, ein dumpfes Knurren hören ließ.

Fast gleichzeitig rief eine Stimme aus nächster Nähe:

»Kaw-djer!« . . .

Der Kaw-djer blickte hin.

»Herr Beauval«, sagte er.

»Jawohl, ich selbst . . . Ich muß mit Ihnen sprechen, Kaw-djer.«

»Ich bin bereit, Sie anzuhören.«

Aber Beauval sprach nicht gleich. Er fühlte sich plötzlich sehr eingeschüchtert, obwohl er seine Rede sorgfältig einstudiert hatte. Aber als er nun vor dem Kaw-djer stand, in dieses ernste, unbewegliche Antlitz blickte, hatte er seine hochtrabenden Phrasen vergessen und war sich mit einem Male der Ungeheuerlichkeit, der unverzeihlichen Dummheit seines Vorgehens bewußt.

Während des Nachgrübelns über die Grundprinzipien der sozialistischen Lehre hatte Beauval plötzlich die Entdeckung gemacht, daß auf der Insel Hoste »Erwerbsmittel« existierten, auf die diese Lehre praktisch angewandt werden konnte. Die verschiedenen Fahrzeuge und vor allen anderen die Wel-kiej, waren dies nicht solche Erwerbsmittel? Das Gewehr des Kaw-djer, das vor ihm im Sande lag, war das kein »Erwerbsmittel«? Dieses einzig existierende Gewehr hatte das Begehren Beauvals wachgerufen. Welche Überlegenheit es seinem Besitzer verschaffte! Nichts war aber natürlicher, nichts gerechter, als dem Gouverneur der Insel zu dieser Überlegenheit zu verhelfen; demjenigen, welcher die gemeinsamen Interessen personifizierte – ihm selbst!

»Kaw-djer«, sagte Beauval endlich, »vielleicht wissen Sie – oder wissen Sie es auch nicht – daß ich vor einigen Tagen zum Gouverneur der Insel Hoste erwählt worden bin!«

Der Kaw-djer lächelte etwas spöttisch und antwortete nur durch eine nichtssagende Gebärde.

»Es erscheint mir nun als erste Pflicht, unter den gegenwärtigen Umständen darauf zu achten, diejenigen Vorteile, deren sich einzelne Glieder der Gesamtheit erfreuen, in den Dienst dieser Gesamtheit zu stellen.«

Beauval machte eine Kunstpause, er rechnete auf Beifallsäußerungen. Aber der Kaw-djer beharrte in seinem Schweigen, und so fuhr er fort:

»Was Sie betrifft, Kaw-djer, so weiß ich Sie im Besitze – und nur Sie allein – eines Gewehres und einer Schaluppe. Dieses Gewehr ist die einzige Feuerwaffe, die die Kolonie ihr eigen nennt, die Schaluppe ist das einzig wirklich taugliche Fahrzeug auf der Insel, auf der man eine Reise von längerer Dauer gefahrlos unternehmen könnte.«

»Und deshalb wollen Sie sich dieselbe aneignen«, folgerte der Kaw-djer aus den gehörten Worten.

»Ich verwahre mich gegen dieses Wort«, rief Beauval pathetisch mit einer großartigen rhetorischen Geste. »Als Bekenner des kollektivistischen Programmes beschränke ich mich darauf, es durchzuführen. Mein Vorgehen hat durchaus nichts mit einer Beraubung gemein! Es handelt sich um keine Konfiskation, sondern – und das ist ein großer Unterschied – es handelt sich nur um die Sozialisation von Erwerbsmitteln.«

»Nun gut, holen Sie sich dieselben«, sagte ruhig der Kaw-djer.

Beauval trat ein paar Schritte zurück. Zol ließ ein unheilverkündendes Knurren hören.

»Soll ich diese Antwort so verstehen, daß Sie sich den Entscheidungen der gesetzmäßigen Autorität der Kolonie nicht fügen wollen?«

Dem Kaw-djer stieg die Röte des Zornes ins Gesicht und seine Augen schossen Blitze. Er nahm sein Gewehr auf und erhob sich. Und während er den Kolben hart auf den Boden setzte, sagte er finster:

»Jetzt habe ich genug von dieser Komödie. Meine Antwort kennen Sie: Holen Sie sich die Sachen!«

Durch die Haltung seines Herrn aufgeregt, zeigte Zol die scharfen Zähne. Beauval, ganz eingeschüchtert durch diese feindlichen Kundgebungen sowohl als durch den entschlossenen Ton und die herkulische Gestalt des Sprechenden, hielt es für besser, nicht weiter auf seinen Forderungen zu bestehen. Er trat vorsichtig den Rückzug an, murmelte verwirrtes Zeug vor sich hin, dessen kurzgefaßter Sinn war: er wolle diese Angelegenheit dem Rat unterbreiten, der dann über die zu treffenden Maßnahmen entscheiden werde.

Der Kaw-djer hatte ihm den Rücken gedreht, ohne ihm weiter Gehör zu schenken und seine

Blicke schweiften über das weite Meer. Aber der Zwischenfall barg eine Lehre in sich und diese Lehre wollte Harry Rhodes hervorheben.

»Wie denken Sie über das Vorgehen Beauvals?« fragte er.

»Warum soll ich darüber nachdenken?« antwortete der Kaw-djer. »Was kümmern mich die Reden und Handlungen dieses Großsprechers?«

»Dieser Großsprecher«, bemerkte Harry Rhodes, »ist aber gleichzeitig Gouverneur!«

»Der sich selbst dazu gemacht hat! Es sind ja nicht einmal sechzig Kolonisten im Lager!«

»Es genügt auch eine Stimme, wenn niemand anderer mehr hat!«

Der Kaw-djer zuckte die Schultern.

»Ich bitte Sie, mir die folgenden Worte zu verzeihen«, sagte Harry Rhodes, »aber empfinden Sie kein Bedauern, ich möchte fast sagen, keine Gewissensbisse?«

»Ich...?«

»Ja, Sie! Sie sind der einzige unter den Kolonisten, der eine vollkommene Landeskenntnis besitzt, die Sie sich in den langen Jahren Ihres Aufenthaltes auf dieser Insel erworben haben. Sie kennen alle Hilfsquellen und alle Gefahren. Sie allein besitzen Verstand, Energie und die nötige Autorität, die dieser gleichgültigen halt- und willenlosen Bevölkerung imponieren könnte. Anstatt die wenigen zerstreuten Gutwilligen zu sammeln, haben Sie diese Unglücklichen sich ohne Plan und Bindeglied zerstreuen lassen. Ob Sie wollen oder nicht, Sie sind ein wenig verantwortlich für das Mißgeschick, das ihnen eventuell widerfährt.«

»Verantwortlich! . . .« wehrte sich der Kaw-djer. »Welche mir zufallende Pflicht hätte ich unerfüllt gelassen?«

»Den Schutz, den der Starke dem Schwachen schuldet.«

»Den habe ich Ihnen nicht verweigert . . . Habe ich nicht den ›Jonathan‹ gerettet? . . . Kann auch nur ein einziger sich gegen mich erheben und mich beschuldigen, ihm Rat und Hilfe verweigert zu haben?«

»Sie mußten noch mehr tun«, sagte Harry Rhodes mit Festigkeit. »Ob er will oder nicht, jeder geistig höher stehende Mann nimmt die Verantwortung für andere Schwachbeseelte auf sich. Sie hätten die Ereignisse selbst in die Hand nehmen müssen und sich nicht damit begnügen sollen, sie geschehen zu lassen. Sie mußten dieses Volk gegen sich selbst beschützen, es leiten! . . .«

»Dann hätte ich ihm die Freiheit gestohlen!« sagte bitter der Kaw-djer.

»Warum nicht?« erwiderte Harry Rhodes. »Wenn sich auch die Guten durch Vernunftgründe überzeugen lassen, wird es immer Menschen geben, welche nur dem Zwange gehorchen werden, den Gesetzen, die ihre Handlungsweise regeln, oder der rohen Kraft.«

»Niemals würde ich dazu meine Einwilligung geben«, rief der Kaw-djer heftig, und nach einer Pause fügte er in ruhigerem Tone hinzu:

»Wir wollen ein Ende machen. Lassen Sie es sich gesagt sein, mein Freund, daß ich der unversöhnliche Feind einer jeden Regierungsform bin, wie immer dieselbe beschaffen sein möge. Ich habe mein ganzes Leben dazu verwendet, dieses Problem zu ergründen und bin zu der Überzeugung gelangt, daß niemals der Fall eintreten kann, wo man berechtigt wäre, den freien Willen des Nächsten zu unterjochen. Alle Gesetze, Vorschriften wie Verbote, die im sogenannten Interesse der Gesamtheit erlassen werden und dabei das Individuum knechten, sind reiner Betrug! Das Einzelwesen soll sich im Gegenteil in voller Freiheit entwickeln, dann wird die Gesamtheit sich eines allgemeinen Glükkes erfreuen, das sich aus dem Glücke so vieler einzelner zusammensetzt. Dieser Überzeugung, welche mein Leben ausmacht und der ich – obwohl ich einst große Macht in Händen hatte – in der verderbten Gesellschaft der Alten Welt nicht Geltung verschaffen konnte, habe ich viel, sehr viel geopfert, mehr – und nicht unbegründet! – als die Mehrzahl der Menschheit hätte opfern können; und ich habe bis hierher auf den Magalhães-Archipel flüchten müssen, wollte ich ein freies Leben in freiem Lande führen! Meine Überzeugung hat sich seither nicht geändert. Ich weiß, daß auch die uneingeschränkte Freiheit ihre Nachteile hat, aber diese schwächen sich mit der Zeit ab und jedenfalls sind sie geringer, als die durch die Gesetze wachgerufenen Schäden der Gesellschaft, die die lächerliche Prätention haben, das Böse in der Welt unterdrücken zu wollen. Die Ereignisse dieser letzten Monate haben mich sehr traurig gestimmt – aber meine Anschauungen sind dieselben geblieben. Ich war, ich bin, ich werde immer zu denjenigen zu rechnen sein, welche man mit dem entehrenden Namen ›Anarchisten‹ bezeichnet. Wie sie, führe ich das Motto: ›Kein Gott! Kein Gebieter!‹ – Das Thema soll unter uns nicht mehr berührt werden, aber erwähnen mußte ich es!«

Wenn also auch die niederschmetternden Erfahrungen seinen Glauben erschüttert hatten, wollte der Kaw-djer es nicht eingestehen. Anstatt seine Überzeugung aufzugeben, klammerte er sich an sie, so wie der Ertrinkende im Augenblicke höchster Not sich an einen Grashalm klammert, wenn jede andere Stütze fehlt, obwohl ihm die Gebrechlichkeit und Unzuverlässigkeit dieser einen bekannt ist.

Harry Rhodes hatte aufmerksam dieses Glaubensbekenntnis angehört, das in überzeugungsvollem Tone vorgebracht wurde, der allen Widerspruch ausschloß. Seine Erwiderung bestand nur in einem schweren Seufzer.

Achtes Kapitel

Halg und Sirk

Der Kaw-djer stellte die Freiheit höher als alle Güter der Welt und war ebenso aufmerksam besorgt, sie bei seinem Nebenmenschen zu respektieren, als er auf die Anerkennung seiner eigenen Freiheit eifersüchtig bedacht war; und dennoch ging von seiner Person, seinem Auftreten ein so hoheitsvolles Etwas aus, daß man seinen Befehlen wie denjenigen des gefürchtetsten Despoten gehorchte. Vergebens bemühte er sich, nie etwas zu sagen, das die

Form eines Befehls hatte – man nahm den unbedeutenden Rat als einen solchen an, dem sich dann fast alle bereitwilligst fügten.

Man hatte die Häuser auf dem linken Flußufer errichtet, weil sein Heim dort stand. Durch die gesetzlosen Zustände im alten Lager und durch die Schattenregierung, die später eingerichtet worden war, beunruhigt, hatte man sich zu dem Manne geflüchtet, dessen physische Stärke, geistige Überlegenheit und moralische Größe sie mit Verehrung und Vertrauen erfüllte.

Je mehr man in der Nähe des Kaw-djer lebte, desto größer wurde die Macht seines Einflusses. Hartlepool und die vier Matrosen sahen unbedingt in ihm ihr Oberhaupt und bei Harry Rhodes, welcher besser imstande war, die geheimen Triebfedern seines Handelns zu beurteilen, kam zur Achtung innige Freundschaft hinzu.

Bei Halg und Karroly steigerte sich die Verehrung zum wirklichen Fetischismus. Der Kaw-djer hatte in ihnen eine Verneinung seiner Überzeugung, daß der Mensch keinen Gott brauche, vor sich; denn den beiden Indianern erschien er als ein Gott; dem Vater, dessen materielles Leben er gänzlich und zum Besseren umgestaltet hatte; dem Sohne, dessen Seelenleben er überhaupt erst geschaffen, aus dem Zustand halben Vertiertseins herausgerissen hatte, den diese feuerländischen Volksstämme »Leben« nennen. Jedes seiner Worte war unumstößliches Gesetz für sie und nahm in ihren Augen den Charakter einer geoffenbarten Wahrheit an.

Darum darf man sich nicht verwundern, wenn

Halg trotz seines lebhaften Widerwillens, sich von seinem Feinde ausbeuten zu lassen, seine Handlungsweise auch in diesem Punkte nach dem Wunsche desjenigen regelte, welchen er als seinen unumschränkten Gebieter ansah. Sirk und Genossen durften ihren Zynismus ungestraft täglich weiter treiben. Wie groß auch seine innerliche Empörung war, Halg wagte nicht, ihnen ihren Anteil an seinen Fischen zu verweigern, solange die Umstände die gleichen blieben und sie die Bedingungen einhielten, die der Kaw-djer festgesetzt hatte.

Aber es kam der Tag, an welchem die vom Kawdjer aufgestellten Grundsätze zu unvorhergesehenen, ganz unlogischen Resultaten führten. Auch der geschickteste Fischer, welcher von Kindesbeinen an mit dem nassen Element vertraut ist, kann einmal vom Unglück betroffen werden. Halg machte eines Tages diese Erfahrung. Wie gewöhnlich warf er Netze und Angeln aus, versuchte sein Glück an verschiedenen Stellen, er mußte die Arbeit einstellen und sich mit einem einzigen kleinen Fisch zufriedengeben.

In Gesellschaft von vier Kolonisten erwartete Sirk, wie tagtäglich, die Rückkehr der Schaluppe, faul am Strande hingestreckt. Die fünf Männer erhoben sich, als die Wel-kiej Anker warf, und näherten sich Halg.

»Wir haben heute wieder ordentliches Pech gehabt, Kamerad«, sagte der eine der Emigranten. »Wie gut, daß du jetzt kommst! Wir hätten sonst nichts zu essen und unsere Magen knurren.«

Die Bettler strengten sich nicht an, jeden Tag eine neue Formel für ihr Anliegen zu finden; gewöhnlich verlangten sie mit den gleichen Worten die gleiche Sache und Halgs kurze Antwort war immer: »Hier nehmt!« Aber dieses Mal lautete seine Antwort anders; »Heute ist es unmöglich.«

»Unmöglich?« fragte einer ungläubig.

»Seht selbst«, erwiderte Halg. »Ich bringe einen einzigen Fisch heim und der ist nicht groß.«

»Wir müssen uns eben damit zufriedengeben«, meinte einer der Emigranten, welcher großmütig gute Miene zum bösen Spiele machen wollte.

»Und ich?« fragte Halg.

»Du«, riefen gleichzeitig fünf Stimmen mit dem Ausdruck des höchsten Staunens.

Der junge Indianer war aber auch zu anmaßend! Was nahm er sich denn – ein Wilder – gegen die fünf »Zivilisierten« heraus, welche ihm die Ehre angedeihen ließen, seine Dienste anzunehmen!

»Na, höre einmal, Rothaut«, rief einer der Kolonisten, »du verstehst auch die Brüderlichkeit auf deine eigene Art! . . . Du wirst doch nicht die Frechheit so weit treiben und deinen elenden Fisch nicht ausliefern?«

Halg schwieg. Nach den Worten des Kaw-djer war er in seinem guten Recht, wenn er den Fisch behielt. – »Erst muß man für die eigenen Bedürfnisse Sorge tragen, dann erst . . .«

So und nicht anders, hatte der Kaw-djer gesagt.

Ein einziger Fisch war übrigens – wie der Augenschein ergab – ungenügend für eine Abendmahlzeit, zu klein zur Teilung – Halg war entschlossen, den Fisch zu behalten.

Der eine Arbeiter nahm Halgs Zögern für den Beweis eines krassen Egoismus.

»Schöne Handlungsweise«, rief er empört!

»Keine weiteren Redensarten«, mischte sich Sirk in herausforderndem Tone ein; »wenn der Kerl den Fisch nicht gutwillig hergibt, nehmen wir ihm denselben einfach weg«, und sich zu Halg wendend, zählte er: »Eins ... zwei ... und ... drei!« –

Schweigend stellte sich Halg in Verteidigungszustand.

»Vorwärts, Jungen!« kommandierte Sirk. Die fünf Männer warfen sich auf ihn, er wurde zu Boden geworfen und der Fisch seinen Händen entrissen.

»Kaw-djer!« schrie er im Fallen.

Auf den Hilferuf traten der Kaw-djer und Karroly sofort aus ihrem Hause. Sie sahen Halg im ungleichen Kampfe begriffen und eilten ihm zur Hilfe.

Die Angreifer warteten die Ankunft der beiden nicht ab. Sie flohen, so schnell sie ihre Beine trugen, über den Fluß zurück, den durch brutale Gewalt eroberten Fisch hatten sie mitgenommen.

»Was ist denn geschehen?« fragte der Kaw-djer.

Halg erzählte, was vorgefallen war und der Kaw-djer hörte mit finster gerunzelter Stirne zu. Wieder ein neuer Beweis für die menschliche Bosheit, der seine optimistischen Theorien untergrub. Wie viele andere mußten sich noch diesem an die Seite stellen, bevor er dazu zu bringen war, den Menschen so zu sehen, wie er tatsächlich ist!

Wenn er dem Altruismus auch die weitgehendsten Zugeständisse machte, seinem Schüler konnte er heute unmöglich unrecht geben, er hatte nicht anders handeln können. Höchstens ließ er die Bemerkung fallen, daß die kleinliche Ursache des Streites nicht einer solchen Verteidigung wert gewesen sei. Aber diesmal war Halg nicht zu überzeugen.

»Es handelt sich nicht um den Fisch«, rief er erregt und noch ganz heiß vom Ringen; »ich will aber doch nicht der Sklave dieser Menschen sein!«

»Nein, nein, das sollst du auch nicht«, sagte der Kaw-djer einlenkend.

Ja, auch die Eigenliebe, die Eitelkeit sät Unfrieden unter die Menschen. Nicht nur die Befriedigung ihrer natürlichen Bedürfnisse ist die Ursache zu Zank und Streit. Sie haben aber auch moralische Bedürfnisse und unter ihnen nimmt der Stolz die erste Stelle ein, der viel dazu beigetragen hat, die Erde im Laufe der Zeiten mit Blut zu tränken. Hatte der Kaw-djer das Recht, das Aufbäumen dieses Stolzes zu tadeln, er, dessen unzähmbare Seele nie den Schatten eines Zwanges ertragen konnte?

Inzwischen hatte sich Halgs Zorn noch nicht gelegt.

»Ich!« rief er, »ich soll diesem Sirk nachgeben!« –

Das auch noch! Die Leidenschaften wollten auch eine aktive Rolle spielen und hetzten diejenigen gegeneinander auf, welche der Kaw-djer immer noch eigensinnig als Brüder bezeichnete!

Er sagte nichts zu diesem empörten Ausruf des jungen Mannes, nur versuchte er, Halg durch eine Geste zu beruhigen und entfernte sich schweigend.

Aber er gab es nicht auf, seine Traumgebilde gegen die Angriffe der Tatsachen zu verteidigen. Während seiner kurzen Wanderung suchte und fand er Entschuldigungen für die Angreifer:

Sie waren ja schuldig, das stand bombenfest, aber es war in Erwägung zu ziehen, daß diese armen Menschen die traurigen Ergebnisse der vielgepriesenen Zivilisation der Alten Welt waren, welche kein anderes Überzeugungsmittel kannten, außer der rohen Kraft – besonders in diesem Falle, wo es sich um ihre Lebenserhaltung handelte.

Und darum handelte es sich in diesem Falle wirklich! Ihr Leichtsinn, ihre Sorglosigkeit dieser brennenden Frage gegenüber war groß, strafbar! – aber wie furchtbar niederschmetternd mußte für sie der Anblick der sich stetig verringernden Vorräte sein – das meiste davon war im Inneren der Insel. Kein neuer Zufluß war zu erwarten, der sie vermehrt hätte, schon konnte man den Tag bestimmen, an dem sie aufgezehrt sein würden. War es zu verwundern, wenn die Unglücklichen jegliches Mittel ergriffen, um die unabwendbare Katastrophe zu verzögern? Gehorchten sie nicht nur einem mächtigen Naturtrieb, welcher – per fas et nefas – die unausbleibliche Zerstörung nach Tunlichkeit hinauszuschieben versucht?«

Waren sich Sirk und Genossen der schlimmen Aussichten der Kolonie voll bewußt oder hatten sie nur ihrer brutalen Natur die Zügel schießen lassen? Wie dem auch sei, die Befürchtungen des Kaw-djer hatten ihre Berechtigung. Man mußte mit Blindheit geschlagen sein, um nicht zu bemerken, wie der schreckliche Feind, der Hunger, die entstehende Kolonie bedrohte. Was ging im Inneren der Insel vor? Man wußte es nicht; nach der allergünstigsten Annahme konnte erst im folgenden Sommer die Ernte so viel abwerfen, daß ein Teil davon den Küstenbewohnern zugute kommen konnte. Da hieß es noch ein volles Jahr warten – und man hatte nur noch Lebensmittel für zwei Monate!

Am linken Flußufer standen die Sachen weniger ungünstig. Man hatte sich hier von allem Anfang an nach dem Beispiel des Kaw-djer alles besser eingeteilt, man sparte mit den Nahrungsmitteln und trachtete durch Gemüsebau und Fischfang Vorräte zu schaffen. Im Gegensatz zu diesen wenigen waren die sechzig Bewohner des rechten Ufers von einer strafbaren Gleichgültigkeit. Was war das mutmaßliche Schicksal dieser Unglücklichen? Würde es – dreihundert Jahre später – zu einer abermaligen Tragödie von Port-Famine kommen?

Man mußte es mit allem Rechte befürchten und alle Anzeichen wiesen auf solch ein entsetzliches Ende hin, als ein unverhergesehener Glücksfall die leichtsinnigen Kolonisten dieser Sorgen enthob.

Chile hatte sein Versprechen, der jungen Republik zu Hilfe zu kommen, nicht vergessen. Gegen die Mitte des Monats Februar legte sich ein Schiff, das die chilenische Flagge trug, vor der Insel Hoste vor Anker. Dieses Schiff, »Ribardo«, ein Segellastschiff, stand unter dem Kommando des Kapitäns José Fuentes und versorgte die Emigranten mit frischen Lebensmitteln, Samen, Haustieren und Akkergeräten; es war eine sehr wertvolle Ladung und mußte den Kolonisten zum Erfolg verhelfen, wenn weise damit verfahren wurde.

Kaum hatte der Anker Grund gefaßt, so ließ sich Kommandant Fuentes ans Land rudern, um mit dem Gouverneur der Insel zu verhandeln. Ferdinand Beauval hatte sich ihm in dieser Eigenschaft vorgestellt – und eigentlich mit Recht, denn er allein erhob Anspruch auf diesen Titel – und die Ausschiffung der Ladung wurde sogleich in Angriff genommen.

Während dieser Arbeit brachte Kapitän Fuentes eine andere Angelegenheit zur Sprache, mit der er betraut war.

»Herr Gouverneur«, sagte er zu Beauval, »meine Regierung hat in Erfahrung gebracht, daß ein unter dem Namen ›Kaw-djer‹ bekannter Mann auf der Insel Hoste lebt. Verhält es sich so?«

Beauval bejahte die Frage und der Kommandant fuhr fort:

»Also beruhen unsere Erkundigungen auf Wahrheit. Dürfte ich Sie um nähere Aufklärung über diesen Mann bitten?«

»Er ist ein Revolutionär«, sagte Beauval mit ihm selbst unbewußter Offenherzigkeit.

»Ein Revolutionär! Wie verstehen Sie das, Herr Gouverneur?«

»Für mich wie für jedermann«, erwiderte Beauval, »ist ein Revolutionär jeder Mensch, welcher sich gegen die Gesetze auflehnt und der rechtmäßig eingesetzten Autorität den Gehorsam verweigert.«

»Hat Ihnen der Kaw-djer Schwierigkeiten bereitet?«

»Er macht mir sehr viel zu schaffen«, sagte Beauval mit wichtiger Miene; »er ist, was man einen

Starrkopf nennt ... Aber ich werde ihn schon zähmen!« beteuerte er energisch.

Der Kapitän des chilenischen Schiffes schien sehr interessiert. Nach einer kurzen Pause schweigenden Überlegens fragte er:

»Könnte ich vielleicht diesen Kaw-djer sehen, welcher die Aufmerksamkeit meiner Regierung schon so oft auf sich gelenkt hat?«

»Nichts ist leichter«, entgegnete Beauval ... »Übrigens, sehen Sie dorthin ... er kommt gerade auf uns zu!«

Mit diesen Worten bezeichnete Beauval mit der Hand den Kaw-djer, welcher soeben die über den Fluß führende Brücke betreten hatte. Der Kommandant ging ihm entgegen.

»Auf ein Wort, mein Herr, bitte«, sagte er höflich und legte die Hand an die mit Goldschnüren verzierte Mütze.

Der Kaw-djer blieb stehen.

»Ich bin bereit«, sagte er im reinsten Portugiesisch.

Aber der Kapitän sprach nicht gleich. Mit starren Blicken sah er den Kaw-djer offenen Mundes in maßlosem Staunen, das er gar nicht zu verbergen suchte, an.

»Nun?« sagte dieser ungeduldig.

»Entschuldigen Sie, mein Herr«, nahm endlich Fuentes das Wort. »Als ich Sie vorhin zum ersten Mal erblickte, glaubte ich einen alten Bekannten wiederzusehen. Sind wir uns nicht schon einmal irgendwo begegnet?«

»Ich glaube kaum«, sagte der Kaw-djer, um dessen Lippen sich ein ironischer Zug vertiefte.

»Und dennoch scheint mir . . .«

Der Kommandant unterbrach sich mitten in der Rede und schlug sich auf die Stirne:

»Ich habe es!« rief er. »Sie haben recht. Begegnet habe ich Sie in der Tat niemals. Aber Sie sehen einem Porträt so ähnlich, das in Millionen von Exemplaren über die ganze Welt verbreitet worden ist, daß es ganz ausgeschlossen erscheint, daß dieses Porträt nicht Sie selbst darstellen sollte!«

Während seiner Rede wurde seine Haltung unwillkürlich respektvoller und seine Stimme zitterte wie in tiefer Erregung. Als er schwieg, hatte er die Mütze abgenommen.

»Sie irren sich bestimmt, mein Herr«, sagte der Kaw-djer in kaltem Tone.

»Trotzdem würde ich schwören, daß . . .«

»Wann haben Sie das fragliche Porträt gesehen?« fragte der Kaw-djer.

»Vor zehn Jahren ungefähr.«

Der Kaw-djer hielt es nicht unter seiner Würde, die Wahrheit ein wenig zu entstellen.

»Es ist länger als zwanzig Jahre her«, erwiderte er, »daß ich Ihre sogenannte zivilisierte Welt verließ. Folglich kann dies unmöglich mein Bild gewesen sein. Wie wollten Sie mich auch wiedererkennen? Vor zwanzig Jahren war ich noch jung, und jetzt! . . .«

»Wie alt sind Sie?« fragte der Kapitän unvorsichtigerweise.

Die unpassende Frage war fast ohne sein Wissen von seinen Lippen gefallen. Seine Neugierde war aufs höchste aufgestachelt, er glaubte, einem Geheimnis auf der Spur zu sein, das er vielleicht lösen konnte. Kaum war die Frage ausgesprochen, als er seinen Taktfehler einsah und sie bereute.

»Habe ich Sie um Ihr Alter gefragt?« sagte der Kaw-djer kalt.

Der Kommandant biß sich auf die Lippen.

»Ich vermute«, nahm der Kaw-djer das Gespräch wieder auf, »daß Sie mich nicht angesprochen haben, um mit mir über alte Fotografien zu plaudern. Bitte, lassen Sie uns zur Sache kommen!«

»Gut!« erwiderte der Kapitän.

Etwas ärgerlich setzte er seine Mütze wieder auf.

»Meine Regierung«, sagte er, indem er einen rein geschäftlichen Ton anschlug, »hat mich beauftragt, Sie um Ihre Absichten zu befragen.«

»Um meine Absichten?« wiederholte der Kaw-djer erstaunt. »Um welche Absichten denn?«

»In bezug auf Ihren Aufenthaltsort.«

»Das geht sie doch nichts an!«

»Das geht sie sehr viel an!«

»Ah!« ...

»Gewiß! Es ist meiner Regierung nicht unbekannt, welche Macht Sie über die Eingeborenen des Archipels haben, und sie hat nie aufgehört, diesen Einfluß ernstlich zu beobachten und mit Interesse zu verfolgen!«

»Zu liebenswürdig«, sagte spöttisch der Kaw-djer.

»Solange der Magalhães-Archipel unabhängig war«, fuhr der Kommandant fort, »hat man nur zugewartet. Aber mit der Teilung hat sich die Lage geändert; nach der Annexion . . .«

»Dem Raube«, berichtigte der Kaw-djer.

»Sie meinen?«

»Nichts. Bitte, fahren Sie fort!«

»Nach der Annexion mußte sich meine Regierung – die besorgt sein muß, ihre Autorität im neuen Besitz zur Geltung zu bringen – fragen, welche Haltung Ihnen gegenüber anzunehmen ist. Natürlich wird dies ganz von Ihrem Verhalten abhängen. Meine Mission ist, Sie um Ihre Zukunftspläne zu befragen. Ich bin im Besitze eines Freundschaftsvertrages . . .«

»Oder einer Kriegserklärung?«

»Sie erraten es. Ihr Einfluß, den Sie nicht leugnen können, ist er uns feindlich gesinnt oder gedenken Sie ihn in den Dienst unserer Zivilisationsbestrebungen zu stellen? Wollen Sie unser Verbündeter – oder unser Gegner sein? Die Entscheidung liegt bei Ihnen!«

»Ich bin weder das eine noch das andere«, sagte der Kaw-djer; »ich gedenke neutral zu bleiben.«

Der Kommandant schüttelte zweifelnd das Haupt.

»Die Neutralität scheint mir eine schwer durchzuführende Sache«, sagte er, »wenn man Ihre Machtstellung hierzulande in Betracht zieht.«

»Sie ist im Gegenteil sehr leicht zu bewahren«, erwiderte der Kaw-djer, »aus dem überzeugenden Grunde, daß ich Magallanien auf Nimmerwiedersehen verlassen habe.«

»Sie haben es verlassen? . . . Aber Sie sind doch hier . . .«

»Hier bin ich auf der Insel Hoste, einem freien Lande, und ich bin fest entschlossen, nie mehr den Magalhães-Archipel zu betreten, der nicht mehr frei ist.«

»Somit beabsichtigen Sie, auf der Insel Hoste Ihre bleibende Wohnstätte aufzuschlagen?«

Der Kaw-djer nickte.

»Das vereinfacht alles«, meinte der Kapitän sehr befriedigt. »Ich kann also die Versicherung mit mir nehmen, daß meine Regierung nichts Feindliches von Ihnen zu befürchten hat.«

»Sagen Sie Ihrer Regierung, daß ich sie nicht kenne«, sagte der Kaw-djer, lüftete seine Mütze und ging fort.

Einen Augenblick folgte ihm der Kommandant mit seinen Blicken. Trotz der Beteuerungen des Kaw-djer war Fuentes gar nicht überzeugt, daß die entdeckte Ähnlichkeit nur auf Einbildung beruhen sollte; und diese Ähnlichkeit mußte etwas Außergewöhnliches bedeuten, um ihn so zu erregen.

»Wie merkwürdig!« murmelte er halblaut, während sich der Kaw-djer entfernte, ohne sich umzublicken.

Der Kommandant kam nicht in die Lage, seine Vermutungen nochmals auf ihre Richtigkeit zu prüfen, denn der Kaw-djer gewährte ihm keine zweite Unterredung. Als ob er Ursache gehabt hätte, eine abermalige Zusammenkunft mit dem Kapitän, die sein früheres Leben zur Sprache bringen konnte, zu scheuen, war er noch am selben Abend vom Schauplatz verschwunden: er war auf einer seiner Streifereien durch die Insel begriffen.

Der Kommandant mußte sich darauf beschränken, die Ausschiffung seiner Ladung zu bewerkstelligen, eine Arbeit, die eine Woche in Anspruch nahm.

Außer den durch Chile zum allgemeinen Besten großmütig gesandten Vorräten brachte der »Ribardo« auch noch eine besondere Fracht für einen einzelnen, und zwar für Harry Rhodes.

An den Feldarbeiten konnte er sich nicht beteiligen, dazu hatte ihn die genossene Erziehung nicht vorbereitet. So war ihm der Gedanke gekommen, einen Importhandel zu begründen. Deshalb hatte er nach der Unabhängigkeitserklärung, als man eine glückliche Zukunft erhoffen konnte, den Kommandanten des Avisoschiffes beauftragt, bei Gelegenheit ihm die Waren zukommen zu lassen.

Dieser hatte den Wunsch nicht vergessen und nun brachte der »Ribardo« über Auftrag und auf Rechnung Harry Rhodes' eine Unmenge der verschiedensten Dinge mit, die, einzeln genommen, fast wertlos und doch wieder von größtem Wert sind: Zwirn, alle Arten von Nadeln, Zündhölzchen, Schuhe, Kleider, Federn, Bleistifte, Papier, Tabak und tausend andere Kleinigkeiten, eine ganze Ausrüstung für einen Bazar.

Das Projekt Harry Rhodes' war sehr vernünftig, seine Wahl gut getroffen. Aber wie die Dinge standen, war zu befürchten, daß ihm sein Wagenlager zum Selbstgebrauch verbliebe! Nichts deutete darauf hin, daß es jemals zum geregelten Zwischenhandel unter den Hostelianern kommen könnte, welche eigentlich aus Einsiedlern bestanden, die zufällig zusammengeweht worden waren.

Harry Rhodes war seines Mißerfolges schon jetzt so sicher, daß er um ein Haar seine Waren auf dem »Ribardo« gelassen und sich selbst eingeschifft hätte, um dieses Land zu fliehen, von dem er nichts mehr erhoffte.

Aber wohin sich wenden mit diesen verschiedenartigen Gegenständen, die hier auf dieser weltabgeschlossenen Insel so kostbar waren und in belebten Gegenden fast wertlos wurden. Nach reiflicher Überlegung beschloß er, sich in Geduld zu fassen und zu bleiben. Das Schiff war nicht das letzte, das diese Küste besuchte! Die Gelegenheit, die Insel Hoste zu verlassen, kam wieder und er konnte immer von ihr Gebrauch machen, wenn die Lage sich nicht besserte.

Sobald die Ladung ausgeschifft war, lichtete der »Ribardo« die Anker und fuhr ab, und einige Stunden später erschien der Kaw-djer wieder an der Küste; es war, als ob er nur die Abfahrt des chilenischen Schiffes abgewartet hätte.

Die frühere Lebensweise wurde wiederaufgenommen, die einen bebauten ihre Gärten, die anderen gingen dem Fischfang nach, der Kaw-djer jagte im Inneren der Insel, die Mehrzahl tat gar nichts und lebte heiter und fröhlich in den Tag hinein, was jetzt nicht mehr so unvernünftig zu nennen war, da ja ein neuer Schatz von Vorräten angelangt war. Die Bevölkerung belief sich auf hundert Seelen, wobei die Bewohner Neudorfs mitgerechnet waren. (Diesen Namen hatte man mit allgemeiner Zustimmung der zweiten kleinen Niederlassung gegeben, die sich um das Haus des Kaw-djer gebildet hatte.) Lebensmittel gab es nun für achtzehn Monate. Folglich war kein Grund zur Beunruhigung vorhanden.

Beauval »regierte« einstweilen. In Wirklichkeit führte er ein richtiges Faulenzerdasein und seiner

Meinung nach gedieh der Staat prächtig. In den ersten Tagen seiner Ernennung hatte er das Lager auf den Namen »Liberia« getauft, die neue Hauptstadt der Insel Hoste. Seit dieser anstrengenden Regierungsarbeit ruhte er.

Das großmütige Geschenk der chilenischen Regierung bot ihm Gelegenheit, ein zweites Mal seine Autorität zu betätigen, indem er für die Unterhaltung seiner Untertanen Sorge trug – eine wichtige Sache. Auf seinen Befehl hin war die eine Hälfte der Alkoholvorräte, die der »Ribardo« gebracht hatte, für kommende Zeiten reserviert, die andere Hälfte unter die Kolonisten verteilt worden. Die Folgen dieser Freigebigkeit waren leicht vorherzusehen. Viele verloren gleich ihren klaren Verstand und Lazare Ceroni noch mehr als alle anderen. Tullia und ihre Tochter mußten wieder die häßlichen Szenen über sich ergehen lassen, die der Außenwelt unbekannt blieben, weil sie vom allgemeinen Festtaumel übertönt wurden. Man trank, man spielte, man tanzte auch zu den Klängen, die der wiedererwachte Fritz Groß seiner Geige entlockte. Die Müßigen blieben bei dem musikalischen Genie stehen. Selbst der Kaw-djer kam nach Liberia herüber, von den herrlichen Weisen angezogen, die um so wunderbarer klangen, weil sie einzig waren auf dieser weltfernen Insel. Einige der Bewohner Neudorfs begleiteten den Kaw-djer, unter ihnen Harry Rhodes samt Familie, welche den musikalischen Genuß sehr zu würdigen wußten. Für Halg und Karroly waren die zauberhaften Klänge wie eine Offenbarung, und Dick und Sand fehlten bei keiner Produktion und liefen aufs andere Ufer hinüber, sobald die Violine sich hören ließ.

Dick allerdings suchte nur nach einer neuen Gelegenheit zur Unterhaltung. Er hüpfte und tanzte, bis ihm der Atem ausging, indem er wenig und keine Rücksicht auf den Takt nahm. Anders Sand. Wie bei den früheren Vorstellungen war er in der vordersten Reihe zu erblicken, mit großen Augen und offenem Munde, zitternd vor Bewegung; er lauschte voll Aufmerksamkeit, verlor keinen Ton vom ersten bis zum letzten, der leise verhallend erstarb.

Seine andächtige Haltung fiel schließlich dem Kaw-djer auf.

»Du hörst wohl gerne Musik, mein Junge«, fragte er ihn einmal.

»Oh . . . Herr!« seufzte Sand.

Und ganz begeistert fügte er hinzu:

»Wenn ich auch so spielen . . . spielen könnte . . . wie Herr Groß! . . .«

»Wirklich«, sagte der Kaw-djer, dem die Begeisterung des Knaben gefiel, »würde dir das Freude bereiten? Das ließe sich ja vielleicht machen!«

Sand schaute ihn ungläubig an.

»Warum nicht?« sagte der Kaw-djer; »bei nächster Gelegenheit lasse ich dir eine Geige kommen!«

»Wahrhaftig, Herr? . . .« fragte Sand mit glückstrahlenden Augen.

»Ich verspreche es dir, mein Kind«, sagte der Kaw-djer, »bis dahin mußt du aber Geduld haben.

Ohne in der Vorliebe für Musik so weit zu gehen wie der kleine Schiffsjunge, hatten doch die anderen Emigranten Gefallen an diesen zufälligen Konzerten. Es war eine Zerstreuung, die die Monotonie ihres Lebens angenehm unterbrach.

Der unleugbare Erfolg Fritz Groß' inspirierte Ferdinand Beauval mit einer neuen Idee. Regelmäßig zweimal in der Woche sollte dem Musiker eine Ration Alkohol verabfolgt werden – was in der Folge geschah – und somit hatte Liberia zweimal in der Woche ihr Konzert – wie andere zivilisierte Städte.

Die Taufe der Hauptstadt und die Organisation der Vergnügungen erschöpften Ferdinand Beauvals Kräfte. Außerdem neigte er zur Selbstbewunderung, jetzt besonders, da alle zufrieden schienen. Klassische Erinnerungen wurden in ihm wach. »Panem et circenses« forderten die Römer. Hatte er, Beauval, nicht nach antikem Vorbild gehandelt? Das Brot hatte der »Ribardo« gebracht und die zukünftigen Ernten würden das weitere schaffen. Die Unterhaltungen waren die Produktionen Fritz Groß', wenn man nicht dieses fortgesetzte »Far niente« zu den Unterhaltungen rechnen wollte, in dem die Mitglieder der Kolonie lebten, welche das Glück hatten, unter der unmittelbaren Autorität des Gouverneurs zu stehen.

Februar und März gingen vorüber, ohne daß seine optimistischen Anschauungen getrübt wurden. Der Friede Liberias wurde zwar manchmal durch Wortwechsel und Streitereien getrübt, aber das waren Vorfälle ohne Bedeutung, zu denen Beauval die Augen schloß – was ihn ein geschicktes politisches Vorgehen dünkte.

Leider machten die letzten Märztage der glücklichen Zeit ein Ende. Der erste Vorfall, der seine

Ruhe störte, war bedeutungslos und nur das Vorspiel zu den dramatischen Peripetien, die noch folgen sollten. Es handelte sich zunächst nur um einen leichten Wortwechsel, der aber, nach seinem Charakter und seinen Folgen zu urteilen, nicht angetan schien, eine friedliche Lösung zu finden; er erachtete es sogar für nötig, aus seiner bescheidenen Verborgenheit herauszutreten. Er tat nicht wohl daran und sein Dazwischentreten hatte Folgen, die er nicht voraussah.

Halg war der Held dieses Ereignisses.

Nach dem ungleichen Kampf, den er mit Sirk und seinen vier Genossen zu bestehen hatte, waren mehrere Wochen verstrichen, ohne daß er seinen Gegner gesehen hätte.

Seine ehemaligen Angreifer hatten – wahrscheinlich aus Furcht vor dem Einmengen des Kaw-djer – seither den Indianern keine Fische mehr abgebettelt. Übrigens war durch die Ankunft des »Ribardo« die Lebensmittelfrage gelöst worden. Jetzt kam es auf einige Fische mehr oder weniger nicht an. Jetzt hatte man Vorräte in Hülle und Fülle, die vorläufig unerschöpflich erschienen.

Aber die Ladung des »Ribardo« bestand nicht ausschließlich aus Eßwaren, das Schiff brachte auch Alkohol, und Beauval war unvorsichtig genug gewesen, das gefährliche Getränk zu verteilen und damit hatte er Verwirrung im Lager gestiftet.

Besonders bei Ceroni sah es schlimm aus. Die abscheulichen Auftritte, welche die stete Trunkenheit Lazares zur Folge hatte, verstärkten die Gefühle des Hasses, die Halg und Sirk beseelten. Während sich der eine zum Beschützer Tullias und ihrer Tochter aufwarf, schmeichelte Sirk dem Laster des elenden Gatten und verachtungswürdigen Vaters. Das Benehmen Sirks erfüllte den jungen Indianer mit stillem Ingrimm, er konnte seinem Rivalen die Tränen nicht verzeihen, die er Graziella vergießen sah.

Der verteilte Alkohol war vertilgt, aber die Ruhe kehrte nicht wieder.

Dank seiner Intimität mit Ferdinand Beauval gelang es Sirk, die Methode Pattersons nachzuahmen. Er versorgte Lazare mit neuen Vorräten und hoffte, sich so seine Zuneigung zu erwerben.

Das Vorgehen, das ein erstes Mal Erfolg gehabt, mißglückte auch ein zweites Mal nicht. Der Trunkenbold nahm offen Partei für seinen Freund, welcher seiner entwürdigenden Leidenschaft schmeichelte, und erklärte sich zu seinem Verbündeten. Bald nannte er Sirk nur »Schwiegersohn« und schwur hoch und teuer, er werde Graziella schon zu zwingen wissen.

Das junge Mädchen verschwieg Halg die Kämpfe, die es zu erdulden hatte, aber dieser erriet viel, verstand Sirks Absichten und haßte ihn mit jedem Tage gründlicher.

So standen die Sachen, als am Morgen des 29. März Halg, welcher gerade über die Brücke zum rechten Ufer schritt, auf zweihundert Schritt Entfernung Graziella erblickte, welche mit gelösten Haaren aus Leibeskräften lief, als gälte es, einer drohenden Gefahr zu entfliehen.

Sie war wirklich auf der Flucht begriffen und die Gefahr war – Sirk, der nur fünfzig Schritte von ihr entfernt, sie mit der Schnelligkeit seiner langen

Beine verfolgte.

»Halg ... Halg ... hilf mir!« schrie Graziella, als sie den jungen Indianer erblickte. Dieser stürzte vor und versperrte ihrem Verfolger den Weg.

Aber Sirk verachtete den schmächtigen Gegner. Nach einem kurzen Halt nahm er die Verfolgung wieder auf und eilte, laut lachend, mit gesenktem Kopfe vorwärts.

Das Folgende sollte ihm eine Lehre für seinen Eigendünkel sein! Wenn Halg jung war, so verdankte er dem freien Leben in der Wildnis stählerne Muskeln und eine affenartige Geschwindigkeit. Als ihm der Feind auf Griffweite nahe gekommen war, schlug er ihm beide Fäuste ins Gesicht und auf die Brust, daß er, wie erschlagen, zu Boden stürzte.

Die jungen Leute zogen sich, von den Verwünschungen des Besiegten verfolgt, aufs andere Ufer zurück. Sirk, welcher nur schwerfällig atmete, stieß fürchterliche Drohungen aus.

Ohne ihn einer Antwort zu würdigen, gingen Halg und Graziella geradewegs zum Kaw-djer, welchen das junge Mädchen um Schutz anflehte. Das Weiterleben am anderen Ufer war ihr unmöglich. Sie hatte lange das Elend totgeschwiegen, aber jetzt hatten ihre Leiden den Höhepunkt erreicht und es war besser, sie sagte alles. Diesen Morgen war Sirk in seiner Roheit so weit gegangen, daß er sie mißhandelt, geschlagen hatte. Tullias Dazwischentreten war ganz erfolglos geblieben, während Lazare Ceroni – das Scheusal – den Übeltäter noch ermuntert und ihm Beifall gezollt hatte. Endlich war es Graziella gelungen, aus dem

Zelte zu springen, aber wer weiß, wie das Ende vom Liede gewesen wäre, hätte nicht Halg sie errettet.

Der Kaw-djer hatte den Bericht mit seiner gewöhnlichen ruhigen Miene angehört.

»Und was wollen Sie jetzt tun, mein Kind«, fragte er.

»Bei Ihnen bleiben ...« rief Graziella; »ich beschwöre Sie, verweigern Sie mir Ihren Schutz nicht.«

»Der ist Ihnen sicher«, sagte der Kaw-djer. »Was das Hierbleiben anbelangt, so ist das Ihre Sache. Sie müssen entscheiden, jeder ist frei, mit sich zu machen, was er will. Ich werde mir höchstens erlauben, Ihnen einen Rat bezüglich der Wahl Ihrer künftigen Wohnung zu geben. Bitten Sie die Familie Rhodes um Gastfreundschaft, sie wird Ihnen auf meine Bitte hin sicher freudigst gewährt.«

Dieser weise Entschluß traf nirgends auf Widerstand. Die Flüchtende wurde mit offenen Armen von der Familie Rhodes empfangen und besonders freudig von Clary begrüßt, welche glücklich war, eine Altersgenossin zu bekommen.

Nur eine Sorge quälte Graziella. Was wurde aus ihrer Mutter, welche sie in dieser Hölle zurückgelassen hatte. Der Kaw-djer beruhigte sie. Er wollte selbst hinübergehen und Tullia bewegen, zu ihrer Tochter zu ziehen.

Es sei gleich hier bemerkt, daß diese Mission nicht nach seinem Wunsche ausfiel. Tullia bestand eigensinnig darauf, bei ihrem Gatten zu bleiben, billigte aber die Flucht Graziellas und war glücklich, sie bei einer ehrenwerten Familie so gut aufgehoben zu wissen. Ihrer Lebensaufgabe aber wollte sie bis zum letzten Augenblicke treu bleiben. Und diese Aufgabe bestand darin, ihren Mann, der jetzt als formlose Masse nach dem ersten Rausch des Tages, seiner Sinne beraubt, auf der Erde lag, auf seinem Lebensweg zu begleiten, nicht zu verlassen, wenn sie auch darunter leiden, selbst sterben sollte!

Als der Kaw-djer diese Antwort, die er vorausgesehen hatte, Graziella überbrachte, traf er Ferdinand Beauval an, welcher mit Harry Rhodes einen Wortwechsel hatte, der ernst zu werden schien.

»Was gibt es denn«, fragte der Kaw-djer.

»Nichts anderes«, sagte Harry Rhodes erregt, »als daß der Herr hier sich erlaubt hat, Graziella zurückzuverlangen; er will sie ihrem liebenswürdigen Vater wieder zuführen.«

»Seit wann nimmt Herr Beauval so regen Anteil an den Familienverhältnissen der Familie Ceroni«, fragte der Kaw-djer mit einer Stimme, in der der verhaltene Unmut zitterte.

»Alle Vorgänge auf der Kolonie erregen das Interesse des Gouverneurs«, erklärte Beauval, indem er sich Mühe gab, durch Würde in Haltung und Rede seiner hohen Stellung gerecht zu werden.

»Nun, und der Gouverneur? . . .«

»Bin ich! . . .«

»Ach so!« machte der Kaw-djer.

»Es ist mir eine Klage zugegangen«, begann Beauval, welcher die ironische Bemerkung des Kaw-djer nicht zu verstehen schien.

»Durch Sirk natürlich«, sagte Halg, welcher die freundschaftlichen Beziehungen der beiden kannte.

»Nein«, berichtigte Beauval. »Durch den Vater, durch Lazare Ceroni selbst.«

»So«, sagte der Kaw-djer; »spricht denn Lazare Ceroni im Schlafe? Denn ich weiß bestimmt, daß er jetzt schläft und schnarcht.«

»Ihr Spott macht das Verbrechen nicht ungeschehen, das auf dem Boden der Kolonie verübt worden ist«, sagte Beauval in barschem Tone.

»Ein Verbrechen? ... Wo sehen Sie denn eines?«

»Ich wiederhole, ein Verbrechen! Ein junges, noch unmündiges Mädchen ist seiner Familie entrissen worden. Dieses Vorgehen wird in den Gesetzen aller zivilisierten Länder als Verbrechen bezeichnet.«

»Seit wann gibt es denn Gesetze auf der Insel Hoste?« fragte der Kaw-djer, dessen Augen bei dem Worte »Gesetz« unheilverkündende Blitze schossen; »von wem gehen denn diese Gesetze aus?«

»Von mir«, antwortete Beauval mit hoheitsvoller Miene; »von mir, der ich im Namen sämtlicher Kolonisten hier stehe, und als deren Repräsentant ich ein Anrecht auf den Gehorsam aller habe.«

»Was sagten Sie?« rief der Kaw-djer; »sprachen Sie nicht von Gehorsam? ... Wohlan, denn, so hören Sie auch meine Antwort. Die Insel Hoste ist ein freies Land, wo niemand dem anderen zu gehorchen hat. Graziella ist freiwillig hierher gekommen und wird hier bleiben, wenn sie will ...«

»Aber«, versuchte Beauval einzuwerfen.

»Da gibt es kein ›Aber‹; wer sich untersteht, vor

mir von Gehorsam zu sprechen, hat mich zum Gegner.«

»Nun, wir werden ja sehen«, sagte Beauval; »dem Gesetze muß Achtung verschafft werden – und sollte ich zur Gewalt greifen müssen.«

»Zur Gewalt?« rief der Kaw-djer. »Versuchen Sie es doch! Vorläufig rate ich Ihnen, meine Geduld nicht länger auf die Probe zu stellen, sondern sich in Ihre Hauptstadt zurückzuziehen, wenn Sie nicht dahin zurückgeführt werden wollen.«

Der Anblick des Kaw-djer war nicht sehr beruhigend, so daß es Beauval für klüger hielt, nicht weiter auf seiner Forderung zu bestehen. Er zog sich zurück, auf zwanzig Schritte Entfernung von dem Kaw-djer, Harry Rhodes, Hartlepool und Karroly gefolgt.

Als er sich am anderen Flußufer sicher fühlte, drehte er sich um und drohte:

»Wir werden uns schon wiedersehen!«

So wenig furchterregend der Zorn Beauvals war, mußte man ihm doch einigermaßen Rechnung tragen. Gekränkte Eigenliebe kann den feigsten Menschen mutig machen, und es war nicht unmöglich, daß er mit Hilfe seiner sauberen Genossen einen Handstreich plane, die finstere Nacht als Bundesgenossin benützend.

Glücklicherweise war dem leicht vorzubeugen. Als sich Beauval nach weiteren hundert Schritten abermals umdrehte, sah er, wie Hartlepool die Brücke abbrach, welche die beiden Ufer verband. Die gesamte kleine Flottille war in einer Bucht bei Nendorf verankert und somit war alle Verbindung mit Liberia abgebrochen und eine nächtliche Überraschung vereitelt.

Als er die Absicht seiner Widersacher verstand, ballte Beauval grimmig die Fäuste.

Der Kaw-djer zuckte gleichmütig die Achseln; langsam fiel eines der Bretter der Brücke nach dem anderen, bald standen nur mehr die Bohlen, die als Pfeiler gedient hatten, an denen sich die Wellen brachen, die jetzt die Scheidewand zwischen den beiden feindlichen Lagern bildeten.

So hatte sich wieder einmal gezeigt, wie sehr zum Kampfe geneigt die menschliche Natur ist. Diese Bewohner zweier am Ende der Welt versteckten Dörfer hatten bewiesen, daß sie ebensolche Menschen waren, wie die Bürger großer Reiche: auch sie hatten die Möglichkeit eines Krieges angenommen, ja als einzigen Ausweg angesehen, hatten – ganz wie es in zivilisierten Staaten gebräuchlich ist – alle diplomatischen Beziehungen abgebrochen – sie verdienten den Namen »Menschen«.

Neuntes Kapitel

Der zweite Winter

Als der Monat April in Gesellschaft des Winters seinen Einzug hielt, hatte kein Vorkommen irgendwelcher Bedeutung das einförmige Leben der Bewohner Liberias unterbrochen. So lange die Temperatur verhältnismäßig milde blieb, ließen sie sich vom Leben forttragen, ohne Zukunftssorgen nachzuhängen, und erst die atmosphärischen Störungen, mit welchen das Äquinoktium stets begleitet ist, schreckten sie aus ihrem Traumleben auf. Schon nach den ersten heftigen Orkanstößen schien sich Liberia zu entvölkern. Wie im Vorjahre schlossen sich alle Bewohner in ihre Wohnungen hermetisch ein.

Auch in Neudorf führte man ein ziemlich tatenloses Dasein; die Arbeiten im Freien, besonders der Fischfang, waren unausführbar geworden. Mit dem Eintritt des kalten Wetters zogen sich die Fische nach Norden in die wärmeren Gewässer der Magalhães-Straße zurück. So ließen denn die Fischer ihre nutzlos gewordenen Boote, fest verankert, ruhig liegen. Was hätten sie auf dem vom Sturme aufgewühlten Meere auch suchen sollen?

Dem Orkan folgte der Schnee auf dem Fuße. Darauf brachten einige warme Sonnenstrahlen Tauwetter mit sich und der Boden war in einen Morast verwandelt. Nun folgte abermals ein heftiger Schneefall.

Auch wenn die Brücke noch bestanden hätte, würde der Verkehr zwischen der Hauptstadt und ihrem Vorort mit großen Schwierigkeiten zu kämpfen gehabt haben, und Beauval wäre gleichfalls verhindert gewesen, seine Drohungen wahr zu machen.

Hatte er sie nicht schon vergessen? Seitdem man ihn so deutlich vom linken Flußufer gewiesen hatte, hatten ihn schwerere und dringendere Sorgen beschäftigt, unter deren Druck die Erinnerung an die erhaltene Beleidigung viel von ihrer Wichtigkeit eingebüßt hatte.

Nachdem die Bevölkerung Liberias nach der Unabhängigkeitserklärung auf ein Minimum herabgesunken war, stand ihr jetzt wieder eine Vermehrung in Aussicht. Manche der Emigranten, welche ins Innere der Insel gezogen waren und dort aus irgendeinem Grunde mit ihren Kolonisationsversuchen Schiffbruch litten, kamen wieder an die Küste zurück beim Eintritt der schlechten Jahreszeit, sie brachten den Keim zu vielen Verwicklungen mit sich, was Ferdinand Beauval nicht ahnen konnte.

Nicht daß er persönlich bedroht worden wäre; wie er vorausgesehen hatte, hatten sich die Kolonisten vor der Tatsache gebeugt, ohne Schwierigkeiten zu machen. Niemand gab durch das leiseste Zeichen des Staunens zu erkennen, daß er sich wundere, ihn zu dieser hohen Würde erhoben zu sehen. Diese armen Menschen waren von klein auf gewöhnt, eine untergeordnete Rolle zu spielen, und sie fanden es ganz in der Ordnung, daß sich einer aus ihrer Mitte das Recht genommen habe, sie zu regieren.

Es gibt unabwendbare Übel, gegen die es Torheit wäre, sich auflehnen zu wollen. Daß sie niedriger Herkunft waren und daß es hochgestellte Würdenträger gab, daß man ihnen Befehle erteilte und sie gehorchen mußten, das war der notwendige Lauf der Dinge, die natürliche Weltordnung.

Der Macht des Gebieters wird durch seine vielen verantwortungsvollen Verpflichtungen das Gleichgewicht gehalten. Demjenigen, welcher sich so hoch über die anderen erhebt, fällt die Pflicht zu, für deren Leben zu sorgen. Wenn ihn einerseits der

Glanz seiner Machtstellung umgibt, so harrt seiner andererseits die schwere Verantwortung, er hat stets und überall die Initiative zu ergreifen und muß es der Menge recht zu machen versuchen, die sich nur so lange fügt, als sie befriedigt ist, und eine schwere Anklage erheben wird, wenn sie Hunger leiden muß.

Die unerwartete Vermehrung der Bevölkerung, welche ernährt sein wollte, ließ das Gespenst »Hunger« wieder in grauer Form auftauchen.

Am 15. April kam der erste Emigrant zurück, welcher im Kampfe mit der Natur den kürzeren gezogen hatte. Er erschien gegen Abend und schleppte seine Frau und vier Kinder mühsam mit sich fort. Ein trauriger Zug! Die abgemagerte, hohlwangige Frau im zerfetzten Rock, die Kinder – zwei Mädchen und zwei Knaben, der letztere kaum fünf Jahre alt – die sich fast nackt an die Kleider der Mutter klammerten. Voran ging der Vater allein, mit abgespannten Zügen und mutlosem Ausdruck im Gesicht.

Man umringte sie und überstürzte sie mit Fragen.

Der Mann, auf den der Anblick anderer Menschen belebend wirkte, erzählte kurz von seinem Leiden. Nachdem er als einer der letzten fortgezogen war, hatte er sehr lange wandern müssen, um ein Gebiet zu finden, das noch keinen Herrn hatte. Erst in der zweiten Hälfte des Dezember hatte er etwas Passendes gefunden und war sogleich fleißig gewesen. Erst hatte er eine Hütte gebaut, aber da er mit schlechten Werkzeugen versehen gewesen, war er fast ganz auf seiner Hände Geschicklichkeit angewiesen und brachte das Werk nur schwer zum Abschluß, um so mehr, als seine Unkenntnis im Bauen ihn große Fehler begehen ließ, deren Ausbesserung wieder viel Zeit in Anspruch nahm.

Nach sechs Wochen ununterbrochener Anstrengung hatte er endlich die plumpe Hütte fertig und ging nun an die Urbarmachung des Bodens. Sein Unstern hatte ihn aber an eine Stelle geführt, die so mit Wurzeln durchsetzt war, daß Hacke und Spaten kaum einzudringen vermochten. Trotz seines Fleißes war die für die Aussaat bestimmte Fläche sehr unbedeutend, als der Winter einzog.

Alles Wachstum war damit aufgehalten zu einer Zeit, wo an Ernte gar nicht zu denken war, die Lebensmittel begannen spärlich zu werden, und er hatte sich entschlossen, die schlechten Werkzeuge und unnützen Samen preiszugeben und den langen Weg zurückzuwandern, den er vor vier Monaten so fröhlichen Herzens betreten hatte. Während zehn Tagen hatten sie – seine Familie und er – die Insel durcheilt, versteckten sich unter Schnee, solange das Unwetter zu groß war, und mußten bei Tauwetter bis in die Knie in einem Morast waten, um endlich an der Küste erschöpft, entkräftet und ganz verhungert anzulangen.

Beauval nahm sich der armen Menschen an. Auf seine Fürsprache hin wurde ihnen eines der zerlegbaren Häuser zugewiesen, und er ließ ihnen Nahrungsmittel verabreichen, auf die sie sich gierig warfen. Dann betrachtete er den Zwischenfall auf zufriedenstellende Weise als erledigt.

Die folgenden Tage enttäuschten ihn. Keiner verging, an dem nicht der eine oder andere der im

Frühjahr fortgezogenen Emigranten, allein oder mit Frau und Kindern, wiederkam, alle gleich verhungert und in Lumpen gekleidet.

Einige Familien erschienen weniger zahlreich, als sie ausgezogen waren. Wo waren die Fehlenden geblieben? Wahrscheinlich gestorben. Der Zug der verzweifelnden Überlebenden fuhr fort, sich quer durch die Insel zu bewegen und mündete in demselben Punkt, in Liberia, wo dieser unerwartete Zufluß die wirtschaftliche Lage zu einer sehr bedenklichen machen mußte.

Bis zum 15. Juni hatten mehr als dreihundert Kolonisten die Bevölkerungszahl der Hauptstadt vergrößert. Bisher konnte Beauval allem gerecht werden. Jeder hatte auf seine Veranlassung in einem der Häuser Zuflucht gefunden, in denen es bald von Menschen wimmelte. Aber einige derselben waren auf das linke Ufer geschafft worden, wodurch Neudorf gegründet wurde, einige waren unvorsichtigerweise zerstört worden, einige waren zu einer besonders geräumigen Behausung zusammengestellt worden, der Beauval den klingenden Namen eines »Palastes« gegeben hatte, – bald herrschte Platzmangel und man mußte sich wieder mit Zelten zufriedenstellen.

Aber die Lebensmittelfrage war noch viel wichtiger. Diese große Anzahl hungriger Mägen verminderte rasch die durch den »Ribardo« gebrachten Vorräte. Gerade als man seinen Bedarf für ein Jahr und mehr gedeckt glaubte, konnte man damit unter den neuen Umständen kaum bis zum Frühling reichen. Beauval war einsichtig genug, das zu erkennen, machte von seiner Regierungsgewalt Gebrauch und erließ ein Dekret, nach welchem von nun an die Rationen verkleinert werden sollten.

Kein Mensch kümmerte sich aber um einen Erlaß, der nicht durch eine besondere Sanktion gerechtfertigt war. Beauval mußte, um ihm Geltung zu verschaffen, zwanzig seiner eifrigsten Anhänger damit betrauen, die Vorräte zu bewachen, wie es seinerzeit die Matrosen des »Jonathan« getan. Diese Maßregel wurde mit Murren begrüßt – aber Beauval fand Gehorsam.

Nun glaubte er alle Schwierigkeiten beseitigt und die schlimme Zeit, soweit es menschenmöglich war, hinausgeschoben zu haben, als neue Unglücksfälle über Liberia hereinbrachen.

Alle aus dem Inneren der Insel Zurückkehrenden waren moralisch entmutigt, physisch geschwächt, durch das Klima sowohl als durch Entbehrungen und die Mühen des Weges. Was vorauszusehen war, traf ein. Eine heftige Epidemie brach aus. Die Krankheit und der Tod forderten viele Opfer in dieser geschwächten Bevölkerung.

In ihrem Elend fiel ihnen der Kaw-djer wieder ein. Bis zur Hälfte des Monates Juli hatten sie seine Abwesenheit gar nicht bemerkt. Man vergißt leicht vergangene Wohltaten, die man in Zukunft entbehren zu können glaubt. Aber im gegenwärtigen Elend wandten sich ihre Blicke demjenigen zu, der ihnen schon so oft beigestanden war. Warum verließ er sie zu einer Zeit, wo so viel Unglück auf einmal über sie hereinbrach? Was immer für Gründe die Trennung zwischen dem Hauptlager und Neudorf hervorgerufen haben mochten, sie waren sicher verschwindend klein im Vergleich mit ihren

Leiden.

Und täglich sah man verlangender nach Neudorf hinüber, dessen Dächer am anderen Ufer aus dem Schnee hervorragten.

Eines Tages – am 10. Juli – war der Kaw-djer gerade damit beschäftigt (der dichte Nebel fesselte ihn ans Haus), eine seiner Jacken aus Guanokofell auszubessern, als er eine Stimme zu vernehmen glaubte, die ihn rief. Wenige Sekunden später vernahm er einen zweiten Ruf.

Der Kaw-djer trat vor sein Haus.

Es herrschte Tauwetter. Unter dem Einfluß einer feuchten Brise aus Westen war der Schnee geschmolzen. Vor ihm breitete sich ein Morast aus, über dem dichte Wasserdünste schwebten, unten Nebel, oben Wolken, welche sich dann in Katarakten über den durchweichten Boden der Insel ergossen. Es war unmöglich, den Nebel mit dem Blicke zu durchdringen, auf hundert Schritte Entfernung konnte man schon nichts mehr unterscheiden; alles war wie verschleiert. Nicht einmal das Meer konnte man sehen, dessen träge Wellen langsam und traurig das Ufer peitschten.

»Kaw-djer«, rief eine Stimme durch den Nebel.

Diese Stimme, durch die Entfernung abgeschwächt, traf das Ohr des Kaw-djer wie eine Klage. Dieser eilte zum Ufer. Welch mitleiderregender Anblick bot sich ihm dar! Dort standen etwa hundert Menschen, durch das reißende Wasser von ihm getrennt, das die Zerstörung der Brücke unpassierbar machte. Waren das Menschen? Oder in Lumpen gekleidete Gespenster mit fleischlosen Gesichtern.

Als sie denjenigen bemerkten, der ihre letzte Hoffnung war, richteten sie sich auf und streckten ihre Arme flehend nach ihm aus.

»Kaw-djer«, riefen sie einstimmig, »Kaw-djer!«

Dieser erzitterte bis ins innerste Mark. Welche fürchterliche Katastrophe hatte denn Liberia betroffen, daß seine Bewohner in solch einem entsetzlichen Zustand der Verwahrlosung waren?

Der Kaw-djer beruhigte sie mit einem Zeichen seiner Hand und suchte Hilfe. In weniger denn einer Stunde hatten Halg, Hartlepool und Karroly die Brücke notdürftig wiederhergestellt und er eilte hinüber. Angstvolle Gesichter umstanden ihn, ihr Anblick hätte ein Herz von Stein erweichen müssen. Das Fieber blickte aus ihren hohlen Augen, die jetzt durch einen Freudenschimmer erhellt waren. Der Wohltäter, der Retter war ja da! Die armen Enterbten umringten ihn, drängten sich an ihn, berührten seine Kleider, und aus ihren ausgetrockneten Kehlen kam es wie glückliches Lachen.

Der Kaw-djer war tief ergriffen, er sah und hörte sie schweigend an. Sie erzählten ihm ihr Elend. Einige klagten ihm ihre Schmerzen an Ort und Stelle, andere flehten um Hilfe für teuere Wesen, welche in Liberia im Todeskampfe lagen.

Der Kaw-djer hörte alle Klagen geduldig an, denn er wußte, daß Teilnahme eines der mächtigsten Heilmittel ist, dann schickte er alle fort; jeder sollte in sein Haus gehen und er wollte sie alle aufsuchen, niemand würde vergessen werden.

Man gehorchte ihm freudig. Fügsam wie kleine Kinder gingen sie ins Lager zurück.

Der Kaw-djer begleitete sie, tröstete, stützte sie

und wußte für jeden das rechte Wort zu finden. Dann trat er in die Wohnungen ein. Wie sahen sie jetzt aus! Welche Unordnung, welcher Mangel an Reinlichkeit!

Ein Jahr hatte genügt, diese leichten Bauten dem Einsturz nahe zu bringen. Einige schienen ganz unbewohnt. Die Mehrzahl war versperrt und außer einem Haufen Unrat, der sie umgab, verriet nichts, daß sie Bewohner beherbergten. Auf mancher Türschwelle zeigten sich ein paar Kolonisten, deren finsterer Gesichtsausdruck erzählte, wie weit sie Langeweile und Entmutigung gebracht hatte.

Der Kaw-djer ging am »Palaste« Beauvals vorbei, welcher ein Fenster öffnete, um ihm nachzublicken. Sonst gab er kein Lebenszeichen. Wenn er auch Rachegedanken hegte – jetzt war nicht der Moment gekommen, dieselben zur Ausführung zu bringen. Niemand hätte einen feindseligen Angriff auf den Mann geduldet, von dem sie ihr Heil erwarteten.

Und im Inneren freute sich Beauval über das Eingreifen des Kaw-djer. Auch er erhoffte Beistand von ihm. Regieren ist leicht und angenehm, wenn eine Reihe glücklicher Tage vorbeiziehen. Jetzt waren diese Zeiten vorbei und der Beherrscher einer Bevölkerung von Sterbenden wollte in seinem schweren Amte unterstützt sein, die Verantwortung seiner Autorität lastete schwer auf ihm; später, in besseren Tagen, wollte er schon seine Alleinherrschaft zurückerobern und behaupten.

Niemand verwehrte dem Kaw-djer, seine Mission der Nächstenliebe zu erfüllen, kein Hindernis wurde ihm in den Weg gestellt. Welch aufreibendes Leben führte er von diesem Tage an! In den ersten Morgenstunden kam er von Neudorf über den Fluß, bei jedem Wetter, und begab sich nach Liberia. Hier ging er bis zur sinkenden Nacht von Haus zu Haus, beugte sich über die elenden Lagerstätten, atmete die fieberhaften Ausdünstungen ein, verabreichte heilende Arzneien und spendete Worte des Trostes und der Hoffnung.

Der Tod klopfte oft an die Türen der Armseligen und dennoch verringerte sich seine Kundschaft nicht.

Andere, aus dem Inneren der Insel eintreffende Emigranten füllten die Lücken schnell wieder aus. Und die jetzt Ankommenden waren noch elender daran als ihre Vorgänger, weil sie länger Widerstand geleistet hatten.

Die Wissenschaft und Aufopferung des Kawdjer waren machtlos gegen das Schicksal. Er kämpfte mit dem Tode, um ihm seine Opfer zu entreißen – umsonst, die Sterbefälle mehrten sich und Liberias Bevölkerung war schon sehr gelichtet.

Er lebte ein trauriges Leben. Um ihn war nur Jammer und Klagen: Gatte und Gattin auf ewig getrennt, Mütter beweinten ihre Kinder – er verlor aber den Mut nicht. Wenn der Arzt machtlos wurde, dann lebte der Tröster in ihm auf.

Manchmal – und das war fast noch trauriger – brauchte niemand seine Trostworte; dann war ein Einsamer gestorben, der niemanden zurückließ, der ihn beweinte. Und das kam nicht selten in dieser Emigrantengesellschaft vor, die von den Wogen des Lebens hierher verschlagen worden war.

Eines Morgens, als er ins Lager kam, rief man

ihn zu einer unförmigen Masse, die schmerzlich röchelte. Diese unförmige Masse war ein Mensch, welcher unter dem Namen Fritz Groß in der unendlichen Liste der Erdenwaller zu finden war.

Vor einer Viertelstunde, als er sich nach dem Erwachen der Kälte ausgesetzt hatte, war er niedergestürzt.

Zehn Männer mußten ihre Kräfte vereinigen, um ihn an die Stelle zu bringen, wo er jetzt lag. Der Kaw-djer diagnostizierte aus dem Aussehen des Kranken, seinem blauroten Gesicht, seinem kurzen, röchelnden Atem einen Lungenschlag, und eine kurze Untersuchung ließ ihn erkennen, daß in diesem durch den Alkohol gänzlich zerstörten Organismus keine Arznei wirken konnte.

Sein Urteil erwies sich als richtig. Als er zurückkam, gehörte Fritz Groß nicht mehr den Lebenden an. Steif und kalt lag sein mächtiger Körper da, in ewig dauernder Unbeweglichkeit, und seine Augen waren für die Dinge dieser Welt auf ewig geschlossen.

Aber eine Eigentümlichkeit war dem Kaw-djer aufgefallen. In einem lichten Moment, wenn er auch nur die Dauer eines Augenblickes hatte, war ihm das Bewußtsein seines Genies, das mit ihm sterben mußte, eingefallen; vielleicht dachte er auch an den schlechten Gebrauch, den er davon gemacht hatte. Kurz vor dem Sterben wollte er noch von dem einzigen Dinge Abschied nehmen, das er geliebt hatte, von seiner Geige. Tastend hatte er sie gesucht, um sie im großen Moment des Scheidens an sich zu drücken, und nun ruhte das wundervolle Instrument auf seinem Herzen, die erkalteten Finger hatten es losgelassen.

Der Kaw-djer nahm die Geige, deren Saiten so herrliche Weisen entströmt waren und die jetzt herrenlos geworden war; als er nach Neudorf zurückkehrte, trat er in Hartlepools Haus ein, das dieser mit den beiden Schiffsjungen bewohnte.

»Sand!« ... rief er, als er die Tür öffnete.

Das Kind lief auf ihn zu.

»Ich habe dir eine Geige versprochen, mein Junge«, sagte der Kaw-djer, »hier ist sie!«

Sand, ganz blaß vor Überraschung und Freude, nahm das Instrument in seine zitternden Hände.

»Und diese Geige versteht sich auf Musik«, fügte der Kaw-djer hinzu. »Es war Fritz Groß' Eigentum.«

»So will ...« stammelte Sand, »Herr Groß ... mir ... seine ...«

»Er ist tot«, sagte der Kaw-djer.

»Ein Trunkenbold weniger!« meinte Hartlepool kalt.

Das war die Nachrede des Künstlers Fritz Groß.

Einige Tage später starb Lazare Ceroni, dieser Todesfall berührte den Kaw-djer tiefer. Jetzt, wo der Vater Graziellas nicht mehr unter den Lebenden weilte, stand alles günstig für die Erfüllung von Halgs Zukunftsträumen. Tullia hatte in ihrer Unkenntnis den Kaw-djer zu spät zu Hilfe gerufen; so hatte sich die Krankheit ruhig entwickeln können und Tullia war nicht mehr beunruhigt als immer. Die Gewißheit, daß derjenige, dem sie ihr Leben zum Opfer gebracht hatte, unwiderruflich für sie verloren war, traf sie wie ein Donnerschlag.

Wenn der Kaw-djer früher gerufen worden

wäre, wären seine Hilfsmittel auch wirkungslos geblieben. Die Krankheit Ceronis war die natürliche Folge seiner jahrelangen Unmäßigkeit – jetzt hatte ihn die galoppierende Schwindsucht in acht Tagen dahingerafft.

Als alles zu Ende, der Tote der Erde übergeben war, verließ der Kaw-djer die unglückliche Tullia keineswegs. Sie war so entkräftet, daß sie auch am Rande des Grabes angelangt schien. Trotzdem sie jahrelang Schmach und Schmerzen erduldet hatte, hatte sie doch den Mann geliebt, der sie jetzt allein zurückließ. Die Spannkraft, die sie bis jetzt aufrecht gehalten hatte, hatte sie verlassen, sie brach zusammen.

Der Kaw-djer nahm die arme Frau zu Graziella nach Neudorf hinüber. Wenn es ein Mittel gab, das verzweifelte Herz zu heilen, so konnte nur die wiedererwachende Mutterliebe dies Wunder vollführen.

Kraftlos, halb ohnmächtig ließ Tullia alles mit sich geschehen und verließ, mit ihren wenigen Habseligkeiten beladen, gehorsam das Haus.

Wie hätte sie in diesem Zustand der Niedergeschlagenheit Sirk bemerken können, dem sie begegnete, als sie die Verbindungsbrücke betrat?

Auch der Kaw-djer sah ihn nicht. Unbewußt dieser Begegnung, gingen beide schweigend vorwärts. Aber Sirk hatte sie gesehen! Er war stehengeblieben, das Gesicht verzerrt und bleich vor sprachloser Wut. Lazare Ceroni war tot, Graziella hatte sich nach Neudorf geflüchtet, Tullia begab sich auch dorthin, jetzt war alles für ihn verloren, das bedeutete den Zusammenbruch langgehegter Lieblingspläne! Lange folgte er mit den Blicken diesem Manne und dieser Frau, die sich langsam von ihm entfernten. Hätte der Kaw-djer sich umgewandt und den haßerfüllten Blick gesehen, der auf ihn geheftet war, vielleicht hätte ihn trotz seiner gewohnten Unerschrockenheit ein Gefühl der Furcht beschlichen.

Zehntes Kapitel

Blut

Der Zug derjenigen, welche sich nach Liberia flüchteten, war endlos. Während des ganzen Winters erschienen immer neue Flüchtlinge. Die Insel Hoste schien ein unerschöpfliches Reservoir zu sein, welches mehr Elende herausgab, als es seinerzeit empfangen hatte. Im Anfange des Monats Juli erreichte die Strömung ihren Höhepunkt, um endlich am 29. September zu versiegen.

An diesem Tage sah man nur noch einen Emigranten die Höhen herabsteigen und sich mühsam bis zum Lagerplatz schleppen. Er war halbnackt, fast bis zum Skelett abgemagert, in einem beklagenswerten Zustand. Als er bei den ersten Häusern anlangte, wurde er ohnmächtig. Man war dergleichen Vorkommnisse zu sehr gewöhnt, um sich darüber besonders aufzuregen. Man hob den Unglücklichen auf, lobte ihn und kümmerte sich nicht weiter um ihn.

Die Quelle war jetzt versiegt. Was folgerte daraus? Entweder hatten diejenigen, von denen man ohne alle Nachricht blieb, ihr Glück gemacht oder sie waren tot.

Mehr als siebenhundert Emigranten waren an die Küste zurückgekehrt und hier im letzten Stadium physischer Degradation und moralischer Abspannung angelangt. Diese geschwächten Organismen boten den Krankheitskeimen den denkbar günstigsten Boden, und der Kaw-djer leistete Menschenunmögliches, um zu retten. Je weiter der Winter fortschritt, desto mehr mehrten sich die Todesfälle. Es war eine große Hekatombe, der Tod verschonte niemanden: Männer, Frauen und Kinder, jung und alt wurden seine Beute.

Wenn auch dadurch viele Nahrungsbedürftige weniger wurden, blieben immer noch zu viele übrig, als daß die Vorräte des »Ribardo« genügt hätten. Als Beauval sich damals entschlossen hatte, die Rationen zu verringern, ahnte er nicht, daß noch viel mehr Emigranten Zuflucht im Lager suchen würden.

Die Katastrophe war nahe. Am 25. September wurden die letzten Vorräte – Zwieback – verteilt, und vor der entsetzten Menge richtete sich das Gespenst »Hunger« drohend auf.

In Qualen des Hungers, des Hungers, der die Eingeweide zerwühlt, der brennt, der sein Opfer sich winden läßt in fürchterlichen Schmerzen – mußten die Schiffbrüchigen langsam . . . so langsam . . . grausam ihr Leben lassen.

Das erste Opfer war Blaker. Er starb am dritten Tage in unbeschreiblichen Qualen, trotz des Beistandes des Kaw-djer, den man wieder zu spät gerufen hatte. Diesmal war er kein Opfer Pattersons gewesen, der nun seinerseits ein Opfer des Hungers wurde wie alle anderen.

Wovon lebten die Kolonisten während der folgenden Tage? Wer könnte es sagen? Diejenigen, welche so vorsichtig gewesen waren, einen Nahrungsreservefonds anzulegen, lebten davon; aber die anderen . . .

Der Kaw-djer wußte nicht, wo ihm der Kopf stand während dieser fürchterlichen Zeit. Er mußte ans Krankenbett eilen und sollte den Verhungerten helfen. Man beschwor ihn, man klammerte sich an seine Kleider, Mütter hielten ihm ihre Kinder entgegen! Er lebte inmitten eines schrecklichen Konzertes von Flüchen, Gebeten und Klagen. Niemand rief seine Hilfe vergebens an. Er verteilte großmütig die am linken Flußufer aufgestapelten Vorräte, vergaß sich selbst und dachte nicht darüber nach, daß das Unglück, das er von den anderen abwandte, unfehlbar ihn selbst treffen mußte.

Und es kam bald so weit! Die eingesalzenen Fische, das geräucherte Fleisch, die trockenen Gemüse verringerten sich rasch. Wenn das noch einen Monat so fortging, mußten auch die Bewohner Neudorfs Hunger leiden, wie jetzt die Leute in Liberia.

Die Gefahr war so drohend, daß man in der Umgebung des Kaw-djer ihm Widerstand zu leisten begann. Man wollte keine Lebensmittel mehr hergeben. Er mußte seine ganze Überredungskunst aufwenden, um einiges zu erlangen, man gab nur nach, weil man des Streitens müde war, aber jeden Tag unfreundlicher.

Harry Rhodes versuchte seinem Freund die Nutzlosigkeit seines Vorgehens vor Augen zu halten. Was hoffte er denn? Es war unmöglich, mit den wenigen Vorräten der linken Flußseite die ganze Bevölkerung vom Hundertode zu erretten. Und wenn alles verteilt war ... was dann? Welches Interesse konnte er haben, eine auf alle Fälle unausbleibliche Katastrophe aufhalten zu wollen, zum Schaden der wenigen, die Proben von Mut und Ausdauer gezeigt hatten.

Harry Rhodes konnte nichts erlangen. Der Kawdjer antwortete nichts mehr. Angesichts eines so großen Elendes überlegte er überhaupt gar nichts. Kaltblütig diese Menschen verhungern lassen, das war unmöglich. Er mußte mit ihnen das letzte Stück Brot teilen, er konnte nicht anders. Dann? ... Ja, dann ... Man mußte abwarten! Wenn nichts mehr übrig war, mußte man fortziehen, weiterwandern, einen anderen Ort aufsuchen, oder, wie in Neudorf, vom Fischfang und der Jagd leben; dann mußte man das Lager verlassen, das wenige Tage in einen ungeheueren Beinhaufen verwandeln mußten.

Aber man hatte wenigstens nichts unversucht gelassen, seine Menschenpflicht getan, und es bedurfte nicht des schrecklichen Mutes, eine große Anzahl Menschen zum Tode zu verurteilen.

Harry Rhodes regte die Idee an, den Emigranten die achtundvierzig durch Hartlepool versteckten Gewehre auszuliefern. Vielleicht konnten sie mit den Feuerwaffen auf die Jagd gehen? Aber der Vorschlag wurde zurückgewiesen. Zu dieser Jahreszeit war das Wild selten, und die Gewehre boten in der Hand unerfahrener Bauern geringe Aussicht auf Ernährung einer großen Volksmenge, außerdem bedeuteten sie eine große Gefahr. An einzelnen Anzeichen, wilden Gebärden, haßerfüllten Blicken, heftigen Ausbrüchen, war zu ersehen, daß die Leidenschaften durch ein Nichts in diesen verkommenen Menschen entfesselt werden konnten. Die Kolonisten gaben sich keine Mühe mehr, den Haß zu verbergen, der sie gegenseitig erfüllte. Einer klagte den anderen an, an seinem Unglück die Schuld zu tragen, und jeder machte den Nachbarn für den jetzigen Stand der Dinge verantwortlich.

Nur einem fluchte man einstimmig, und das war Ferdinand Beauval, welcher so unvorsichtig gewesen war, sich die Herrschaft über seine Brüder anzumaßen.

Obwohl seine in die Augen springende Unfähigkeit den Unwillen der Emigranten rechtfertigte, ertrug man seine Anmaßung noch und stützte ihn sogar. Wenn eine Volksmasse, ein Haufen sich gegenseitig aufhebender Einzelwillen, sich selbst überlassen ist, ist sie unfähig zum Handeln. Der Hang zum Nichtstun stattet sie mit unendlicher Geduld aus, und wie groß auch ihre Unzufriedenheit ist, sie schreckt davor zurück, sich am Oberhaupt zu vergreifen, eine religiöse Scheu vor seiner Unantastbarkeit, deren Schöpfer sie selbst ist, hält sie davon ab. So war es hier auch, und vielleicht hätten sich die Kolonisten der Insel Hoste mit heimlichen Beratungen und leisen Drohungen begnügt, wenn sie nicht ein Mann unter ihnen zum Handeln angeeifert hätte.

Ist es zu glauben, daß trotz der schrecklichen

Lage, der Nähe des Todes, das Phantom »Macht«, die Beauval verkörperte, diesem glühende Neider geschaffen hatte. Armselige Macht, die darin gipfelte, der sogenannte Gebieter einer Anzahl Halbverhungerter zu sein!

Und dennoch war es so!

Trotz der ernsten Wirklichkeit fand Lewis Dorick diese Scheinautorität nicht so verächtlich, und vielleicht hatte er nicht so ganz unrecht. Der einfache Volksverstand wendet, um die politische Macht zu bezeichnen, den passenden, malerischen Vergleich mit den »Fleischtöpfen Ägyptens« an. Und auch in dieser dem Elend preisgegebenen Gesellschaft sicherte die erste Stelle dem Besitzer gewisse Vorteile; Beauval wußte das recht gut, und dieser Vorteile wollten Lewis Dorick und seine Freunde auch teilhaftig werden.

Bisher hatte er nur sehr ungeduldig die Erhebung Beauvals vertragen. Er erachtete jetzt die Gelegenheit für günstig, seine Taktik zu beginnen, indem er das soziale Elend als Ausgangspunkt benützte. Es gab ja der Gründe genug zu berechtigten Klagen! Er hatte nur die passendsten auszuwählen. Vielleicht hätte es ihn in Verlegenheit gebracht, hätte man ihn gefragt, was er an Stelle seines Rivalen getan hätte. Aber diese indiskrete Frage stellte niemand, somit brauchte er sich ob der Antwort keine Sorge zu machen.

Beauval sah die Anstrengungen, die sein Gegner machte. Oft genug beobachtete er sehr nachdenklich die Menschenmenge durch die Fenster des Gebäudes, das er in seiner pomphaften Weise den »Regierungspalast« benannt hatte. Von Tag zu

Tag zählte sie mehr Köpfe, denn der Frühling nahte heran und die Temperatur wurde milder. Aus den wilden Blicken, die auf sein Haus fielen, aus den drohend geballten Fäusten sah Beauval, daß Doricks Bemühungen Früchte getragen hatten; er war aber nicht geneigt, von seiner Höhe herabzusteigen, er dachte an Gegenwehr. Der zerrüttete Zustand der Kolonie war nicht abzuleugnen; aber er maß den Umständen alle Schuld bei, insonderheit dem Klima. Sein felsenfestes Selbstvertrauen war nicht erschüttert worden. Wenn er nichts gemacht hatte, so war das aus dem Grunde geschehen, daß eben nichts zu machen war! Ein anderer an seiner Stelle würde gleichfalls untätig geblieben sein.

Es war nicht Stolz allein, der Beauval veranlaßte, sich fest an seine Stellung zu klammern. Er war ja doch sehr enttäuscht worden und hatte seine Illusionen, sein Ansehen betreffend, aufgeben müssen. Aber er dachte gleichzeitig mit Unruhe und Befriedigung an die zahlreichen Vorräte an Lebensmitteln, die er für seinen Gebrauch auf die Seite geschafft hatte. Wenn er nicht Staatsoberhaupt gewesen wäre, hätte er nicht vermocht, diese Vorräte zu sammeln. Und wenn er nun seinen Posten aufgeben sollte . . . Wenn er seine Stellung verteidigte, kämpfte er für sein Leben, und er war zum Kampfe fest entschlossen. Er wehrte sich gar nicht gegen die von Dorick aufgezählten Mißgriffe. Das hätte ihm gleich den Hals gebrochen. Im Gegenteil, er vergrößerte seine Schuld. Von allen Unzufriedenen war er der Unzufriedenste.

Die beiden Gegner waren nicht der gleichen

Meinung über den Ausweg, der einzuschlagen war. Während Dorick für einen Wechsel der Regierung stimmte, riet Beauval eine Union an und wollte mit anderen die Verantwortung wegen des Unglückes teilen, das die Kolonie betroffen hatte.

Wer waren die verantwortlichen Urheber dieses Unglückes? Nach seiner Auffassung niemand anderer, als die kleine Anzahl jener Emigranten, die während des Winters nicht in der Notwendigkeit gewesen, sich an die Küste zu flüchten. Die Folgerung Beauvals war sehr einfach. Nachdem sie sich nicht hatten blicken lassen, mußten sie vom Glück begünstigt worden sein. Folglich besaßen sie genug zu ihrem Lebensunterhalt und man hatte ein Recht, diese Nahrungsmittel zugunsten der anderen, Hungernden, zu konfiszieren.

Diese Sticheleien blieben nicht ohne Eindruck auf die verzweifelte Bevölkerung; man beschloß zu handeln. Erst suchte man die nähere Umgebung der Hauptstadt Liberia ab, dann wurden weitere Expeditionen in Aussicht genommen; Banden bildeten sich, wuchsen rasch an und am 15. Oktober war eine kleine Armee von mehr als zweihundert streitbaren Männern beisammen, welche unter Führung der Brüder Moore auf die Suche nach Brot ging.

Fünf Tage lang durcheilte die Truppe die Insel nach allen Richtungen. Was bezweckte sie? Man konnte es erraten, als man die Opfer ihres Beutezuges ganz erschreckt ankommen sah, niedergeschmettert durch diese unvorhergesehene Katastrophe, die die Frucht all ihrer Mühen vernichtet hatte. Einer nach dem anderen eilte zum Gouverneur, um Genugtuung zu fordern. Aber sie wurden barsch abgewiesen, außerdem des schnödesten Egoismus beschuldigt. Wie! Sie wollten herrlich und in Freuden leben, im Überfluß schwelgen, während ihre weniger begünstigten Brüder Hungers starben? Ganz verblüfft zogen sich die Unglücklichen zurück und Beauval triumphierte.

Ihre Klagen bewiesen, daß die von ihm entdeckte Spur die richtige gewesen sei! Er hatte sich nicht geirrt. So wie er es auf gut Glück behauptet hatte, verhielt es sich auch: diejenigen, welche im Winter nicht an die Küste gekommen waren, besaßen Lebensmittel in Hülle und Fülle.

Jetzt war allerdings ihr Los dem der anderen gleich. Ihre fleißige Arbeit war umsonst gewesen, sie waren genauso arm, von allem Nötigen entblößt wie diejenigen, welche ihren Wohlstand zerstört hatten.

Die Räuber hatten sich nicht damit begnügt, wie ein Wirbelsturm unversehens bei ihnen einzufallen und alles an sich zu nehmen, was eßbar war, sondern es war auch zu anderen Ausschreitungen aller Art gekommen, die sich die durch den Siegestaumel berauschte Menge immer zuschulden kommen läßt. Die angebauten Felder wurden zertreten, die Hühnerhöfe geplündert und bis auf den letzten Bewohner geleert.

Und doch war die Beute der Räuber ganz unbeträchtlich. Denn der Erfolg der einzelnen, die durch sie geplündert wurden, war ein bescheidener, relativer gewesen. Das Gelingen der Unternehmungen der wenigen fleißigen, ausdauernden und geschickten Kolonisten bestand oft nur darin, daß ihrer Hände Arbeit das tägliche Brot zu schaffen imstande war, nicht aber daß sie wie durch ein Wunder plötzlich reich geworden wären. Man entdeckte somit nicht viel in den armseligen Blockhütten.

Daraus resultierte bei den Plünderern, die das Land durchzogen, eine große Enttäuschung, die sich in Akten wilder Grausamkeit äußerte.

Mehr als einer der Kolonisten wurde gefoltert, damit er das geheime Versteck seiner Schätze verrate, den Aufbewahrungsort seiner Lebensmittel.

Am fünften Tage nach ihrem Auszug langte die Räuberbande vor dem Palisadenzaun an, der die Behausungen Germain Rivières und der anderen drei Familien, seiner Nachbarn, umgab. Seitdem sie sich in Bewegung gesetzt hatte, mußte sie an diese Kolonisten denken, deren Unternehmungen die ältesten, auf der Insel bestehenden und gewiß in vollem Emporblühen begriffen waren; hier hoffte man den Löwenanteil des Raubzuges anzutreffen.

Ihre Erwartungen wurden getäuscht.

Die vier Blockhäuser waren dicht aneinandergebaut, jedes bildete die Seite eines Vierecks und in ihrer Gesamtheit formten sie eine Art kleiner Festung, und zwar einer uneinnehmbaren Festung, denn die Verteidiger derselben waren – die einzigen auf der Insel – im Besitze von Feuerwaffen. Sie empfingen die Angreifer mit einer wohlgezielten Salve, so daß sogleich sieben Tote und Verwundete den Kampfplatz bedeckten. Die Räuber warteten keine Wiederholung ab und liefen in regelloser Flucht davon.

Dieser Vorfall dämpfte plötzlich die Kampfeslust der Angreifer. Sie marschierten nach Liberia zurück, wo sie mit einbrechender Nacht eintrafen. Der Schall von ausgestoßenen Flüchen und Schmähreden kündete ihr Kommen an. Man eilte ihnen entgegen und trachtete den Sinn der empörten Rufe zu verstehen.

Die Entfernung war zuerst zu groß und man glaubte, Siegeslieder und Triumphgeschrei zu hören; aber bald kamen die Stimmen näher, die Worte wurden deutlicher, verständlich; man tauschte bestürzte Blicke.

»Verrat! . . . Verrat!« hörte man rufen.

Verrat! . . . Diejenigen, welche in Liberia zurückgeblieben waren, wurden von Furcht ergriffen und Beauval zitterte mehr als alle anderen. Er ahnte ein Unglück, das – er fühlte es – man ihm zur Last legen würde; er lief der ihm drohenden Gefahr, über deren Natur er sich keine Rechenschaft ablegte, aus dem Wege, um sich im »Regierungspalast« in Sicherheit zu bringen.

Kaum hatte er sich eingeriegelt, als der lärmende Trupp vor seiner Türe haltmachte. Was wollten die Leute von ihm? Was bedeuteten die Verwundeten und Toten, welche man vor seiner Wohnung niederlegte? Welches blutige Drama hatte sich abgespielt, dem sie zum Opfer gefallen waren? Warum war die Menge so erregt?

Während Beauval vergebens dieses Geheimnis zu ergründen suchte, spielte sich ein anderes Drama am linken Flußufer ab, das die Bewohner Neudorfs sehr betrüben, dem Kaw-djer aber ins Herz greifen mußte.

Er kannte die Aufregungen und Sorgen der Bewohner Liberias wie seine eigenen; während er im Lager umherwanderte, mußte er ja erfahren, was vorging. Aber er wußte nichts von der Organisation der Räuberbande, die vor seiner Ankunft vom linken Ufer abgezogen und erst nach seinem Weggange heimgekehrt war. Die Verringerung der Anzahl der anwesenden Emigranten war ihm aufgefallen; er war erstaunt darüber, ahnte aber die wahre Ursache nicht.

Aber eine dumpfe Unruhe hatte sich seiner bemächtigt und er war an diesem Abend in Gesellschaft seiner gewöhnlichen Begleiter, Harry Rhodes, Hartlepool, Halg und Karroly, bis an den Fluß gegangen. Das linke Ufer lag um einige Meter höher als das rechte; bei Tage konnte man von hier aus Liberia übersehen, zu dieser späten Stunde aber verschwand das Lager in der Finsternis.

Nur ferner Lärm, das undeutliche Murmeln von Stimmen und ein schwacher Lichtschein deuteten das Vorhandensein des Lagers an.

Die fünf Spaziergänger saßen am Ufer nieder, der Hund Zol lag zu ihren Füßen; sie blickten schweigend in die herrliche Nacht hinein, als vom anderen Ufer eine Stimme herüberrief:

»Kaw-djer!« – Ein Mann rief den Namen, schweratmend, keuchend, als ob er lange Zeit gelaufen wäre.

»Hier!« antwortete der Kaw-djer.

Ein Schatten kam über die Brücke und näherte sich der Gruppe. Es war Sirdey, der ehemalige Koch des »Jonathan«.

»Man braucht Sie dort unten«, sagte er, sich an

den Kaw-djer wendend.

»Was gibt es denn?« fragte der Kaw-djer, sich erhebend.

»Tote und Verwundete.«

»Tote? . . . Verwundete? . . . Was ist denn geschehen?«

»Eine Bande wollte Rivière ausplündern . . . Er war aber mit Gewehren versehen . . . Und so ist's eben gekommen!«

»Diese Unglücklichen!«

»Wir haben drei Tote und vier Verwundete; die Toten brauchen nichts mehr, aber vielleicht kann den Verwundeten . . .«

»Ich komme schon«, sagte der Kaw-djer und setzte sich gleich in Bewegung, während Halg zurücklief, um das chirurgische Besteck und Verbandszeug zu holen.

Unterwegs wollte der Kaw-djer manches von Sirdey erfahren, aber dieser konnte ihm keine Aufklärung geben. Er wußte nichts Genaues. Er hatte an dem Raubzug nicht teilgenommen und wußte nur vom Hörensagen davon zu berichten. Übrigens hatte ihn niemand hergeschickt. Als er die sieben bewegungslosen Körper gesehen hatte, war er schnell hergelaufen, um den Kaw-djer zu benachrichtigen.

»Sie haben recht getan«, sagte dieser.

Mit Karroly, Hartlepool und Harry Rhodes hatte er die Brücke überschritten und war ungefähr hundert Meter am rechten Flußufer weitergegangen, als er beim zufälligen Umdrehen Halg bemerkte, welcher die Instrumente brachte.

Der junge Indianer passierte soeben den Fluß

und würde die anderen bald eingeholt haben. Der Kaw-djer beschleunigte den Schritt.

Drei Minuten später ließ ihn ein Schrei höchster Todesnot stehenbleiben. Das war ja Halgs Stimme! Eine furchtbare Angst packte ihn, mit laut pochendem Herzen eilte er den Weg zurück. Seine Aufregung war so groß, daß er nicht bemerkte, daß Sirdey sich aus dem Staube machte und in der Richtung von Liberia verschwand, so schnell er konnte, und bemerkte auch eine schattenhafte Gestalt nicht, welche dieselbe Richtung einschlug, nachdem sie einen weiten Bogen stromaufwärts geschlagen hatte.

So schnell der Kaw-djer lief – Zol war schneller als er. Mit zwei Sprüngen war der Hund im Dunkel verschwunden und wenige Augenblicke später schlug er an. Seinem ersten Geheul folgte ein wütendes Gebell, das sich nach und nach in der Ferne verlor, als ob das Tier eine Spur verfolge.

Und wieder gellte der Schrei eines Sterbenden durch die Luft.

Der Kaw-djer hatte ihn nicht vernommen. Er war an der Stelle angelangt, an der der erste erschollen war und entdeckte zu seinen Füßen Halg, welcher mit dem Gesichte auf dem Boden inmitten einer großen Blutlache lag – ein langes Messer war ihm bis ans Heft in den Rücken gestoßen worden.

Karroly hatte sich über seinen Sohn geworfen, aber der Kaw-djer stieß ihn unsanft beiseite. Jetzt war nicht der Augenblick gekommen, um zu klagen, jetzt hieß es handeln. Er nahm sein Besteck auf, das neben dem jungen Manne auf der Erde lag und schnitt dessen Kleider von oben bis unten durch. Dann zog er mit unendlicher Vorsicht die schreckliche Waffe aus ihrer aus Menschenfleisch gebildeten Scheide und nun war die Wunde bloßgelegt. Sie war furchtbar anzusehen. Die Klinge war zwischen den Schulterblättern eingedrungen und hatte den ganzen Brustkorb durchbohrt. Wenn auch, wie durch ein Wunder, das Rückenmark unbeschädigt geblieben war, so war doch die Lunge durchbohrt. Halg war totenbleich, hielt die Augen geschlossen, atmete kaum und um seine Lippen stand blutiger Schaum.

In wenigen Minuten hatte der Kaw-djer seinen Rock aus Guanakohaut in Streifen geschnitten und dem Verwundeten einen Notverband angelegt, dann machte er den anderen ein Zeichen und Karroly, Hartlepool und Harry Rhodes hoben ihn sorgsam auf, um ihn ins Haus zu tragen.

Jetzt erst lenkte das dumpfe Knurren Zols die Gedanken des Kaw-djer auf ihn.

Der Hund war mit einem Feinde beschäftigt, und während der traurige Zug sich in Bewegung setzte, eilte er der Stelle zu, von der Zols Stimme scholl; sie schien nicht weit entfernt.

Hundert Schritte weiter erwartete seiner ein schrecklicher Anblick. Am Boden lag ein Körper – Sirk – den er beim Lichte des Mondes sofort erkannte; seine Kehle war eine fürchterliche offene Wunde, aus den zerrissenen Schlagadern floß das Blut in Strömen. Keine Waffe hatte diese Wunde geschlagen, sie war Zols Werk, der, trunken vor Wut, sie noch immer mit seinen Zähnen bearbeitete.

Der Kaw-djer rief den Hund ab und kniete sich

auf dem blutigen Boden neben dem Manne nieder.

Ihm war nicht mehr zu helfen, er war tot. Der Kaw-djer betrachtete sorgenvoll den Leichnam, dessen bereits verglaste Augen zum Himmel blickten. Er sah, wie alles gekommen war. Während er Sirdey folgte, der vielleicht an dem geplanten Verbrechen beteiligt war, lag Sirk im Dunkeln auf der Lauer, und als Halg mit dem Besteck zum Kaw-djer eilen wollte, hatte sich Sirk auf ihn gestürzt und ihn meuchlings ermordet.

Während alle um den Verwundeten beschäftigt waren, hatte Zol die Spur des Mörders verfolgt, ihn erreicht und dem Verbrecher war die furchtbarste Strafe auf dem Fuße gefolgt. Wenige Minuten Zeit hatte dieses Drama samt allen niederschmetternden Peripetien erfordert, und die beiden Schauspieler waren niedergeworfen, der eine tot, der andere sterbend.

Die Gedanken des Kaw-djer wandten sich wieder Halg zu. Die drei Männer, welche den ohnmächtigen Indiander trugen, verschwanden in der Finsternis. Er seufzte schwer! Dieses Kind war alles, was ihm lieb und teuer war auf Erden. Mit ihm würde er seinen wichtigsten, fast seinen einzigen Lebenszweck begraben.

Im Begriffe, sich zu entfernen, warf er noch einen letzten Blick auf den Toten. Die Blutlache hatte sich nicht vergrößert. Sowie das Blut – jetzt immer langsamer – aus den Adern floß, verschwand es in die Erde, die es begierig aufsaugte. Seit den ersten Weltzeitaltern hat sie sich mit Menschenblut gesättigt; was waren einige Tropfen mehr oder weniger, da der rote Regen ununterbrochen fließt . . .

Aber bis zu diesem Tage war die Insel Hoste von diesem allgemein gültigen Gesetz ausgenommen gewesen; sie war ja bisher unbewohnt, darin hatte sie ihre ursprüngliche Reinheit bewahrt. Jetzt aber hatten seit kurzem Menschen die Einsamkeit bevölkert – und schon war das Blut dieser Menschen geflossen.

Wahrscheinlich war es das erste Mal, daß die hostelische Erde mit Menschenblut befleckt wurde . . .

Es sollte nicht das letzte Mal sein . . .

Elftes Kapitel

Ein Oberhaupt

Als man den immer noch besinnungslosen Halg auf sein Bett gelegt hatte, wechselte der Kaw-djer den Notverband und behandelte die Wunde nach allen Regeln der Kunst. Da zitterten die Lider des Verwundeten, seine Lippen öffneten sich ein wenig und ein leichter rosiger Lebensschimmer belebte die fahlen Wangen und nach wenigen schwachen Seufzern verfiel er aus der Bewußtlosigkeit der Ohnmacht in diejenige des Schlafes.

Ob die furchtbare Wunde jemals heilen konnte? Die menschliche Weisheit konnte es nicht sagen. Die Situation war jedenfalls sehr ernst, wenn auch nicht ganz verzweifelt; ganz unmöglich war es nicht, daß die tiefe Wunde der Lunge vernarbte.

Nachdem der Kaw-djer für Halg alles getan, was seine Erfahrung und Liebe für nötig erachtet hatte, verordnete er dem Kranken vollständige Ruhe und absolute Unbeweglichkeit und eilte nach Liberia hinüber, wo andere vielleicht seiner bedurften.

Das Unglück, das ihn so schmerzlich betroffen hatte, konnte ihn nicht einen Moment lang von seiner Pflicht abwendig machen, sein opferfreudiger Wille, sein Altruismus blieben derselbe. Obwohl er sein Herz zerrissen fühlte, vergaß er darob nicht der Toten und Verwundeten, welche nach Sirdeys Aussage in Liberia auf seine Hilfe rechneten. Würde er dort wirklich Verwundete finden – oder hatte Sirdey schändlich gelogen? Er war im Zweifel, darum wollte er sich mit eigenen Augen Gewißheit verschaffen.

Es war jetzt zehn Uhr abends geworden. Der Mond stand im ersten Viertel und neigte sich nach Westen seinem Untergange zu, und vom finsteren östlichen Himmel fielen dichte Schatten auf die Erde herab. Aus der Finsternis hob sich ein rötlicher Lichtschein ab, Liberia schlief noch nicht.

Der Kaw-djer schritt rascher aus. Durch die schweigende Landschaft drang ein fernes Rauschen, erst leise, dann immer mehr anschwellend, je mehr er sich näherte.

In zwanzig Minuten hatte er das Lager erreicht. Rasch ging er zwischen den dunklen Häusern hindurch, bis er auf dem freien Platze stand, der sich vor der Wohnung des Gouverneurs ausbreitete. Da fesselte ein fremdartiges und äußerst malerisches Schauspiel seine Blicke, so daß er wie gebannt stehenblieb.

Die sämtliche Bevölkerung Liberias schien sich auf diesem Platze ein Stelldichein gegeben zu haben. Ein Kreis von qualmenden Fackeln erleuchtete die Szene. Alle waren hier anzutreffen, Männer, Frauen und Kinder, welche in drei getrennten Gruppen dastanden. Die in bezug auf ihre Anzahl stärkste dieser Gruppen war dem Kaw-djer gerade gegenüber aufgestellt. Diese bestand aus sämtlichen Frauen und Kindern, verharrte stillschweigend auf ihrem Platze und schien nur aus Zuschauern für die beiden anderen Gruppen zu bestehen, deren eine in Schlachtstellung vor dem »Regierungsgebäude« aufgepflanzt war, als ob sie den Eingang verteidigen wollte, während die andere die gegenüberliegende Seite des Platzes behauptete.

Nein, Sirdey hatte doch nicht gelogen! Mitten auf dem Platze lagen wirklich sieben lang hingestreckte Körper. Verwundete oder Tote?

Aus der Entfernung konnte es der Kaw-djer nicht beurteilen, die beweglichen Flammen der Fackeln verliehen ihnen allen das Aussehen von Lebenden.

Nach ihrer Haltung war es unmöglich, die gegenseitige feindselige Stimmung der beiden letzten Gruppen in Zweifel zu ziehen. Und dennoch schien sich zwischen den beiden gegnerischen Parteien eine neutrale Zone auszubreiten, die keine von ihnen zu überschreiten wagte. Jene, welche allem Anschein nach die Rolle der Angreifer spielten, machten nicht Miene, den Kampf zu beginnen, und die Verteidiger Beauvals hatten auch noch keine Gelegenheit gehabt, ihren Mut zu beweisen.

Der Kampf hatte noch nicht begonnen. Man verhandelte noch, aber nicht mit allzu sanften Worten. Über die Körper der Toten und Verwundeten hinüber hatten sich fieberhafte, laute Diskussionen entsponnen. Anstatt der Kugeln wechselte man spitze Worte, messerscharfe Reden, die sich manchmal zu ruhigen Beweisführungen herabmäßigten, aber manchmal auch in Beschimpfungen ausarteten.

Alles schwieg, als der Kaw-djer den Lichtkreis betrat. Ohne sich um seine Umgebung zu bekümmern, ging er geradewegs zu den Verwundeten hin und untersuchte den ersten, es war ein Toter. Dann trat er zum zweiten, bis zum letzten, öffnete die Kleidungsstücke der Verwundeten und verband ihre Wunden vorläufig nur flüchtig. Sirdey hatte die Wahrheit gesprochen, es waren drei Tote und vier Verwundete.

Als seine Arbeit getan war, schaute der Kaw-djer um sich und konnte sich trotz seiner großen Herzenstrauer eines Lächelns nicht erwehren, als er sich von vielleicht tausend Gesichtern umgeben sah, welche ihn mit kindlicher und doch ehrfurchtsvoller Neugierde betrachteten. Die Fackelträger hatten sich genähert, um ihm zu seiner Untersuchung zu leuchten, die drei Gruppen hatten das Vorwärtsstreben nachgeahmt und sich in eine verschmolzen, deren Mittelpunkt er bildete; es herrschte vollständiges Schweigen.

Der Kaw-djer bat um Unterstützung. Niemand rührte sich. Da rief er diejenigen, welche er als Helfer wünschte, bei ihren Namen auf. Das hatte Erfolg. Der gerufene Emigrant verließ seinen Platz beim Aufruf seines Namens und paßte sich aufmerksam den Instruktionen an, die ihm der Kaw-djer gab.

In wenigen Augenblicken waren Tote und Verwundete aufgehoben und in ihre verschiedenen Wohnungen getragen, in Begleitung des Kaw-djer, dessen Aufgabe noch nicht gelöst war. Er mußte noch der Reihe nach die vier Verwundeten aufsuchen, die Extraktion der Projektile vornehmen und den bleibenden Verband anlegen, ehe er nach Neudorf zurückkehren konnte.

Während er diese Samariterdienste leistete, erkundigte er sich um die Ursache des stattgehabten Kampfes. Jetzt erst lernte er die neuerliche Agitation Doricks, die feindselige Stimmung der Bevölkerung gegen Beauval kennen und das Ableitungsmittel, das dieser erfunden hatte, indem er den Plünderungszug auf der Insel anriet. Die traurigen Folgen dieses Raubversuches hatte er ja soeben vor Augen.

Sie konnten gar nicht trauriger sein! Die Raubritter waren von den vier hinter ihren Palisaden wohlverwahrten Familien mit Flintenschüssen empfangen worden, mußten die Flucht ergreifen und brachten als alleinige Beute ihre getöteten und verwundeten Kameraden heim.

Siegesfreudig waren sie ausgezogen, lärmend, sich gegenseitig begeisternd, von wilder Zerstörungsfreude wie berauscht, begleitet von ermunternden Zurufen, rohen Scherzen, Verwünschungen und Drohungen gegen diejenigen, die man plündern wollte. – Kopfhängerisch, beschämt waren sie heimgekehrt, stumm, verbittert und finster;

sie hatten sich bei dem Abenteuer keine Lorbeeren erworben. Die wilde Erregung bei der Abreise hatte leise grollender Wut Platz gemacht, die nur auf einen Vorwand wartete, um sich Luft zu verschaffen.

Sie fühlten sich als Betrogene! Wer hatte sie getäuscht? – Sie wußten es nicht zu sagen. Jedenfalls schrieben sie nicht der eigenen Dummheit, ihren Illusionen die Schuld zu. Wie es schon so Brauch ist in der Welt, waren sie bereit, eher die ganze Welt anzuklagen, als einzusehen, daß sie allein die Schuldtragenden waren.

Sie kannten nach oft wiederholten Erfahrungen das Gefühl der Bitterkeit und Schande, das jedes Mißlingen eines Gewaltstreiches mit sich zu bringen pflegt.

Ehe sie auf die Insel Hoste geworfen wurden, hatten sie dem Proletariat der beiden Welten angehört, und mehr als einmal hatten sie sich von zündenden Worten irgendeines volkstümlichen Redners betören lassen. Sie hatten sich an so manchem Streik beteiligt; die ersten Tage, so lange die Börsen noch gefüllt waren, war ihr Benehmen ein würdiges, ruhiges gewesen; aber der drohende Mangel zeitigt Ungeduld und fieberhafte Erregung, und wenn dann die Kinder vor den leeren Schüsseln sitzen und weinen, dann stellt sich die sinnlose Wut ein! Dann sieht man Blut, dann sammeln sich Banden, die Raub und Mord nicht scheuen ... Manchmal bleiben sie Sieger, aber selten; meistens ziehen die den kürzeren, daß heißt, sie verschlechtern sich nur ihre Lage, und wie niederdrückend war das Bewußtsein ihrer Schwäche, das ihnen nach jedem

Scheitern eines Planes deutlich vor Augen trat, nachdem sie gehofft hatten, durch ihre Stärke zu siegen.

Nun, der nächtliche Rückzug durch die verwüsteten Felder glich ganz dem letzten Akte eines Streikes mit bösem Ausgang. Auch der Seelenzustand war der gleiche. Diese verblendeten Menschen fühlten sich enttäuscht, lächerlich gemacht, besiegt und ärgerten sich ob ihrer eigenen Dummheit.

Und wo steckten die Anführer? Dorick und Beauval? ... Sie waren fort ... Weit vom Spielplatz. Und so ist es immer und überall! Es gibt eben Füchse und – Schafe; Ausbeuter und – Ausgebeutete.

Jeder Streik mit blutigem Ausgang, jeder Aufruhr, jede Revolution hat ihr eigenes Ritual, das strikt eingehalten wird und das die Teilnehmer genau kennen, weil sie es durch Übung erlernt haben. Es ist üblich, daß bei allen derartigen Bewegungen, wobei der Mensch vergißt, daß er ein denkendes Wesen ist und zu Gewaltakten und Mord seine Zuflucht nimmt, die unglücklichen Opfer als geheiligte Banner angesehen werden.

Und Banner waren auch diejenigen geworden, welche die Plünderer zurückgebracht hatten, darum hatte man sie auch vor die Augen Ferdinand Beauvals hingelegt, welcher als Verkörperung der Macht für alle Unglücksfälle verantwortlich gemacht wurde. Aber dabei war es zum Wortwechsel mit seinen Anhängern gekommen, man beschimpfte sich wechselseitig, zu Schlägereien war es noch nicht gekommen.

Die Stunde zu Handgreiflichkeiten war noch nicht gekommen. Das Programm mußte eingehalten werden, alles in der richtigen Ordnung gehen. Nachdem genügend debattiert worden war und die Kehlen vom vielen Schreien müde waren, verschlief man die Sache; am nächsten Morgen wurden – stets unter genauer Beibehaltung des Rituals – die Opfer unter großer Feierlichkeit zu Grabe geleitet. Dann erst waren ernstliche Ausschreitungen zu befürchten.

Die Dazwischenkunft des Kaw-djer hatte den Gang der Ereignisse beschleunigt. Ihm war es zu danken, daß ein vorzeitiger Waffenstillstand eingetreten war und daß man sich erinnert hatte, daß es außer den Toten auch Verwundete gab, welche durch rasche Hilfe vielleicht am Leben zu erhalten waren.

Als der Kaw-djer nach Neudorf zurückkehrte und den Platz passierte, war er menschenleer. Die Volksseele zeichnet sich ja durch staunenswerte Beweglichkeit aus – ist »bald himmelhoch jauchzend – bald zum Tode betrübt«. – Jetzt war alles beruhigt, die Häuser geschlossen – man schlief.

Während des Heimweges überlegte der Kaw-djer das Vorgefallene. Über den Rangstreit Doricks und Beauvals hatte er nur die Achseln gezuckt, aber der Plünderungszug der Raubbanden im Inneren der Insel schien ihm ernsterer Betrachtung wert. Diese Erpressung, dieser Diebstahl, diese barbarische Handlungsweise waren ein böses Omen. Die Kolonie war verloren, wenn die Kolonisten in offener Feindschaft lebten, wenn es zum Kampfe kam.

Was wurde denn aus den Theorien, auf die dieser edelmütige Erleuchtete sein Leben aufgebaut hatte, wenn sie mit diesen Tatsachen in Kontakt kamen? Das Ergebnis war da, klar, faßlich, unbestreitbar. Sich selbst überlassen, hatten sich diese Menschen zum Leben unfähig gezeigt – und sie wären Hungers gestorben wie eine schwachköpfige Herde, die ihre Nahrung nicht zu finden weiß, wenn der Hirt sie ihr nicht gibt. Und was ihr moralisches Sein anbelangt, so hielt es mit ihrem praktischen Sinn gleichen Schritt. Der Überfluß, der Mangel, das Elend, die Sonnenhitze und die Winterkälte, alles hatte als Vorwand herhalten müssen, daß sich die unleugbaren Mängel der Seele entwikkelt hatten. Undankbarkeit und Egoismus, Mißbrauch der Kraft und Feigheit, Unmäßigkeit, Leichtsinn und Trägheit – diese Eigenschaften beherrschten die meisten dieser Menschen, in deren Interesse es gelegen wäre, wenn sie sich schon zu keinem höheren Beweggrund aufschwingen konnten, die vielen Köpfe in ein Walten zu vereinigen. Jetzt stand man vor dem Schlußakt dieses beklagenswerten Unternehmens.

In achtzehn Monaten hatte sich das ganze Drama von Anfang bis zum Ende abgespielt. Es war, als ob die Natur ihr Tun bedauert und ihren Irrtum eingesehen hätte, sie ließ die Menschen, welche sich selbst verlassen hatten, verderben. Der Tod pochte ohne Unterbrechung an die Türen. Heute verschwand dieser, morgen ein anderer auf immer. Die Erde hatte sie wieder aufgenommen in ihren Schoß, wo alles sich verändert; und durch den ewigen Kreislauf der Dinge wurden vielleicht aus ihnen einst andere Wesen, wahrscheinlich und leider – ihnen ähnliche.

Jedenfalls arbeitete ihnen der Sensenmann immer noch nicht schnell genug, nachdem sie ihn tatkräftig durch ihrer Hände Werk unterstützten. Dort, von wo der Kaw-djer herkam, lagen Verwundete und Tote; in seiner Nähe lag der Leichnam Sirks; in Neudorf lag mit durchbohrter Brust ein Mann – fast noch ein Kind, durch das sein enttäuschtes Herz wieder die Süßigkeit der Liebe kennengelernt hatte. Überall Blut!

Bevor sich der Kaw-djer zur Ruhe begab, näherte er sich dem Lager Halgs. Die Situation hatte sich nicht geändert, war weder besser noch schlechter geworden. Es war immer noch ein plötzlicher Bluterguß zu befürchten, und während mehrerer Tage war Halg in Lebensgefahr.

Infolge seiner großen Übermüdung erwachte der Kaw-djer erst spät am nächsten Morgen. Die Sonne stand schon hoch am Himmel, als er, nach einem Morgenbesuch bei Halg, dessen Zustand sich nicht verändert hatte, aus dem Hause schritt.

Der Nebel hatte sich gehoben, ein schöner Tag beglückte die Insel. Der Kaw-djer war, wie täglich, auf dem Wege nach Liberia, wohin ihn seine Kranken zogen, deren Zahl sich aber seit dem Eintritt des Frühlings verringert hatte, jetzt kamen die vier Verwundeten von gestern dazu. Der Kaw-djer beschleunigte seine Schritte, um die verlorene Zeit einzubringen.

Aber er mußte vor einer Menschenwand haltmachen, die quer vor der Brücke aufgepflanzt war. Halg und Karroly ausgenommen, bestand sie aus der gesamten männlichen Bevölkerung Neudorfs. Es waren fünfzehn Männer, und zwar – merkwürdigerweise – fünfzehn mit Gewehren bewaffnete Männer, welche ihn zu erwarten schienen. Es waren keine Soldaten und doch hatte ihre Haltung einen militärischen Anstrich. Ruhig, ernst, standen sie da, mit geschulterter Waffe, als erwarteten sie die Befehle des Anführers.

Harry Rhodes, welcher einige Schritte vor ihnen stand, hielt den Kaw-djer auf. Dieser blieb stehen und musterte die kleine Gruppe mit erstaunten Blicken.

»Kaw-djer«, sagte Harry Rhodes mit einer gewissen Feierlichkeit; »schon seit langem beschwöre ich Sie, der unglücklichen Bevölkerung der Insel Hoste zu Hilfe zu kommen, dadurch, daß Sie sich an ihre Spitze stellen. Ich erneuere zum letzten Mal diese meine Bitte!«

Der Kaw-djer schloß die Augen, wie um besser in sein Inneres zu sehen, und Harry Rhodes fuhr fort:

»Die letzten Ereignisse haben Ihnen sicher zu denken gegeben. Wir haben auf alle Fälle einen Entschluß gefaßt. Deshalb haben Hartlepool, einige andere und ich diese fünfzehn Gewehre aus ihrem Versteck geholt und sie unter die Männer von Neudorf verteilt. Wir sind jetzt gut bewaffnet und haben infolgedessen die Macht in Händen, unseren Willen zur Durchführung zu bringen. Die Dinge sind jetzt derart auf die Spitze getrieben, daß jede weitere Geduld geradezu ein Verbrechen wäre. Wir müssen handeln. Ich weiß, was ich tue. Wenn Sie auf Ihrer Weigerung bestehen, stelle ich mich selbst an die Spitze dieser braven Leute. Leider habe ich weder Ihren Einfluß noch Ihre Autorität. Man wird mir nicht immer folgen und es wird wieder Blut fließen. Ihnen würde man ohne Murren gehorchen. Entscheiden Sie sich!

»Was gibt es denn schon wieder?« fragte der Kaw-djer mit seiner gewöhnlichen Ruhe.

»Das gibt es«, antwortete Harry Rhodes, indem er mit der Hand das Haus bezeichnete, in dem Halg vielleicht jetzt mit dem Tode rang.

Der Kaw-djer zuckte zusammen.

»Und noch dies«, fügte Harry Rhodes hinzu und zog ihn einige Schritte stromaufwärts mit sich fort. –

Beide gingen den Abhang hinan, von dem aus an dieser Stelle das rechte Ufer zu überblicken war. Liberia und die sumpfige Ebene, welche trennend dazwischen lag, bot sich ihren Blicken.

Seit den ersten Morgenstunden war man im Lager auf den Beinen, man war in fieberhafter Erregung. Es handelte sich heute darum, das gestrige Tageswerk zum Abschluß zu bringen. Das feierliche Begräbnis der drei Toten wurde vorbereitet. Die Aussicht auf diese Zeremonie bewirkte den allgemeinen Aufruhr. Für die Kameraden der Erschossenen handelte es sich um eine Demonstration; für Beauval und seine Anhänger bedeutete die Feier eine Gefahr – für die übrigen war sie ein Schauspiel.

Mit Ausnahme Beauvals, welcher es für klüger erachtet hatte, zu Hause zu bleiben, folgte die gesamte Bevölkerung den drei Särgen. Man war darauf bedacht, den Leichenzug an dem Hause des

Gouverneurs vorüberzuführen, man machte auf dem Platze halt; bei dieser Gelegenheit hielt Lewis Dorick eine aufregende Ansprache; dann erst zog man weiter.

Bei den offenen Gräbern nahm Dorick abermals das Wort und verdammte, zum hundertsten Male vielleicht, die schlechte Verwaltung der Kolonie. Nach ihm war in der Unvorsichtigkeit, Unfähigkeit, in den den Rückschritt erzielenden Maßnahmen des ersten Beamten der Grund für alle Unglücksfälle zu suchen, die die Kolonie betroffen hatten. Jetzt war der Moment gekommen, diese Strohpuppe abzusetzen und ein neues, tatkräftiges Staatsoberhaupt an seiner Stelle zu erwählen.

Dorick hatte einen fabelhaften Erfolg. Er wurde lebhaft akklamiert, von allen Seiten brüllte man Beifall. Erst wurden Rufe: »Hoch Dorick!« laut, dann heulte die Menge: »Zum Palast! . . . Zum Palast!« . . . und die hundert Männer setzten sich in Bewegung, und der Boden erzitterte von ihren schweren Tritten.

Sie waren jetzt genügend erhitzt, ihre Augen glänzten, ihre geballten Fäuste hoben sich drohend gen Himmel. Ihr Mund stand infolge der kontinuierlichen, haßerfüllten Ausrufe offen und war wie ein schwarzes Loch in den erregten Gesichtern zu sehen.

Bald beschleunigten sie die Schritte, eilten und rannten schließlich unter gegenseitigen Püffen und Stößen vorwärts, bis sie schließlich wie ein Wildbach einherstürzten.

Ein Hindernis hemmte ihren Lauf. Diejenigen,

welche an den Machtbefugnissen teilnehmen durften, befürchteten einen Wechsel in der Regierung zu ihren Ungunsten und nahmen Partei für Beauval. Brust an Brust, Faust gegen Faust – so standen sich die beiden Parteien gegenüber, und es fielen die ersten Schläge.

Aber die Partei Beauvals, die bedeutend schwächer war als die andere, mußte weichen. Schritt für Schritt, Meter für Meter wurde sie zurückgedrängt, bis sie dicht vor dem Regierungspalast standen. Auf dem Platze wurde der Kampf wieder aufgenommen. Lange blieb er unentschieden. Von Zeit zu Zeit zog sich ein kampfuntauglich gewordener Emigrant zurück und ließ sich erschöpft in irgendeinen Winkel fallen. Kiefer wurden zermalmt, Rippen eingedrückt und Beine gebrochen.

Je länger das Handgemenge dauerte, desto größer wurde die Aufregung. Es kam der Moment, wo die Messer aus den Scheiden gerissen wurden – und wieder floß Blut.

Nach einem heroischen Widerstand waren die Verteidiger Beauvals besiegt und die Angreifer, welche sich freie Bahn gebrochen hatten, stürzten in hastiger Unordnung in das Innere des Palastes.

Mit wildem Triumphgeheul durchsuchten sie es von oben bis unten. Wenn sie Beauval gefunden hätten, wäre er sicher in Stücke zerrissen worden; zum Glück war er unmöglich zu entdecken, Beauval war verschwunden.

Als er sah, welche Wendung der Kampf nahm, hatte er alles im Stich gelassen und war gerade rechtzeitig entwichen. Jetzt floh er, so schnell ihn seine Beine trugen, in der Richtung nach Neudorf.

Die Vergeblichkeit ihres Suchens steigerte die Wut der Sieger zum höchsten Paroxysmus. Es gehört mit zur Natur der Menge, sowohl im Guten wie im Bösen jedes Maß zu vergessen.

Das lebende Opfer war ihnen entschlüpft, jetzt rächten sie sich an den leblosen Dingen. Das Haus Beauvals wurde gänzlich geplündert; seine wenigen Möbelstücke, seine Papiere, seine sonstige armselige Habe, alles wurde aus den Fenstern geworfen und in einem Haufen gesammelt, den man dann anzündete. Wenige Minuten später – geschah es aus Achtlosigkeit, war es das Werk eines der Meuterer gewesen – stand der Palast selbst in Flammen.

Der Rauch verscheuchte die Eindringlinge; sie stürzten hinaus, aber das waren keine Menschen mehr! Das Geschrei, das Plündern, das Morden hatte ihnen den klaren Verstand benommen, sie waren wie berauscht, hatten weder Gedanken noch ein Ziel vor Augen. Nur ein unwiderstehlicher Drang zu schlagen, zu vernichten, zu morden beseelte sie.

Auf dem Platze standen die Frauen, die Kinder und die Gleichgültigen, die Maulaffen feilhielten, eine feile Menschengruppe ohne jegliches Ehrgefühl, die sich alles gefallen ließ. Sie formten die große Masse des Volkes, waren aber, trotz ihrer Anzahl, zu friedliebend, um jemals gefährlich zu werden. Der Anhang Lewis Doricks, welcher sich bedeutend verstärkt hatte durch das Zuströmen ehemaliger Gegner, welche es für vorteilhaft hielten, sich dem Stärkeren zuzugesellen, stürzte sich mit Fuß- und Faustsstößen auf diese unschädliche Gruppe.

Die Folge war eine wilde Flucht. Männer, Frauen und Kinder verstreuten sich über die Ebene, von einer Anzahl Emigranten verfolgt, welche sehr erstaunt gewesen wären, hätte man sie um den Grund ihrer Wut gefragt.

Von der Anhöhe aus, die er mit Harry Rhodes erklommen hatte, gewahrte der Kaw-djer, als er nach dem Lager blickte, zunächst nur eine Rauchwolke, deren schwere Flocken ins Meer sanken. Die Häuser verschwanden in dieser Wolke. Verworrenes Stimmengewirr drang herüber: Schreie, Flüche, Ausrufe des Schmerzes und der Todesangst. Ein einziges lebendes Wesen, ein Mensch, wurde in der Ebene über dem Flusse sichtbar. Er lief aus Leibeskräften, obwohl ihn niemand verfolgte. Ohne seinen Lauf zu verlangsamen, kam dieser Mensch über die Brücke, überschritt sie und ließ sich dann ganz atemlos hinter der bewaffneten kleinen Truppe zu Boden sinken. Jetzt erst erkannte man – Ferdinand Beauval.

Das alles sah der Kaw-djer. In seiner Einfachheit war das Bild doch so beredt, er verstand sofort den ganzen Zusammenhang: Beauval war mit Schimpf und Schande verjagt, zur Flucht gezwungen worden, und die Meuterer brannten und mordeten in Liberia.

Was bedeutet dies alles? Daß man sich Beauvals entledigt hatte, begriff er. Aber warum diese Zerstörung, deren Opfer die Plünderer selbst sein würden. Warum dieses Abschlachten, das sich durch ferne Schreie verriet, die von der wilden Raserei der Mörder erzählten.

Also so weit hatten es die Menschen gebracht! Nicht nur um kleinlicher Interessen willen wurden sie böse; wenn ein Grund fehlte, so waren sie es zum bloßen Vergnügen; sie schlugen – um zu schlagen; sie zerstörten – um zu zerstören; sie mordeten, weil es ihnen Freude machte, zu morden! Nicht nur die Bedürfnisse, die Leidenschaften und der Hochmut waren die Triebfedern des Hasses unter den Menschen; auch der Wahnsinn war darunter zu zählen. Jener Wahnsinn, der in der Masse zum Leben erwacht und der die Menschen nicht früher zur Vernunft kommen läßt, als bis sie ihre Mordlust und Zerstörungswut gesättigt haben. Und es ist derselbe Wahnsinn – Heroismus oder Räubertum, je nach der Gelegenheit –, der den Banditen den friedlichen Wanderer erschlagen läßt; der Wahnsinn macht während einer Revolution aus Schuldigen und Unschuldigen eine gemeinsame Hekatombe; und es ist derselbe Wahnsinn, der Armeen begeistert und Schlachten gewinnen läßt.

Was wurde jetzt angesichts dieser neuen Tatsachen aus den Träumen des Kaw-djer? Wenn die Freiheit eines der natürlichen Güter des Menschen war, so konnte dies nur unter der Bedingung sein, daß sie eben Menschen bleiben mußten und sich nicht in reißende Tiere verwandeln durften wie diejenigen, deren Heldentaten er jetzt mitansehen mußte.

Der Kaw-djer hatte Harry Rhodes nicht geantwortet. Aufrecht und still stand er auf dem höchsten Punkte des Ufers da und betrachtete sich das Bild während einiger Minuten schweigend. Die schmerzlichen Überlegungen seines Inneren verriet sein undurchdringliches Äußere nicht.

Und doch war seine Seele von einem grausamen Zwiespalt zerrissen. Sollte er auch fernerhin vor den Tatsachen die Augen schließen und sich egoistisch und eigensinnig auf eine falsche Religion steifen, während diese unglücklichen Toren sich gegenseitig ermordeten, oder sollte er die Tatsachen anerkennen, der Vernunft gehorchen, Ordnung schaffen in diesen ungeregelten Zuständen und sie gegen ihren Willen retten? Fürchterliches Dilemma! Was sein gerader Menschenverstand ihm gebot, das war leider die Verneinung seines bisherigen Lebens.

Es ist so schwer, sich und anderen einzugestehen, daß das im Herzen errichtete Idol zu seinen Füßen in Staub zerbröckelt; daß man von einem Gaukelspiel genarrt worden ist; daß man bisher auf Lügen aufgebaut hat; daß nichts von dem, das man für wahr gehalten hat, wahr ist, und daß man sein Leben für eine Schimäre gelebt hat!

Plötzlich löste sich aus dem Rauch, der Liberia bedeckte, eine Gestalt los, ein Flüchtling, dann ein zweiter, dann zehn, hundert andere, meistens Frauen und Kinder. Einige suchten nach den im Osten gelegenen Höhen zu entkommen, aber die größte Anzahl, der die Verfolger auf dem Fuße folgten, lief in Todesangst auf Neudorf zu. Die letzte unter den Fliehenden war eine Frau. Sie war ziemlich stark und konnte sich nur schwerfällig fortbewegen. Ein Mann erreichte sie in ein paar Sprüngen, packte sie bei den Haaren, warf sie zu Boden und erhob die Faust . . .

Der Kaw-djer drehte sich zu Harry Rhodes um und sagte sehr ernst:

»Ich nehme Ihren Vorschlag an.«

Dritter Teil

Erstes Kapitel

Die ersten Maßnahmen

An der Spitze der fünfzehn Freiwilligen durcheilte der Kaw-djer die Ebene im Laufschritt. In wenigen Minuten hatte er Liberia erreicht. Man kämpfte noch auf dem Platze, aber ohne alle Begeisterung, nur mehr dem physikalischen Beharrungsvermögen gehorchend; an die Ursache des Streites erinnerte sich niemand mehr genau. – Dieses unerwartete Eintreffen der kleinen Truppe hatte für die kriegführenden Teile die Wirkung eines plötzlichen Donnerschlages.

Diese Eventualität hatten die Meuterer nicht vorhergesehen! Sie hatten nicht einen Augenblick die Möglichkeit in Erwägung gezogen, daß eine stärkere, ihnen überlegene Schar erscheinen und ihren Mordgelüsten Einhalt gebieten könne. Die Einzelkämpfe wurden augenblicklich abgebrochen. Diejenigen, die geschlagen wurden, ergriffen die Flucht; die anderen, welche die Schläge austeilten, blieben unbeweglich auf dem Platze stehen, auf dem sie sich befanden, einige von ihnen waren ganz bestürzt ob dieses ganz unerklärlichen Abenteuers, andere sahen wie geistesabwesend vor sich hin, ihr Atem ging schwer wie bei Menschen, welche in einem Anfall von Geistesverwirrung irgendeine schwere Arbeit unternommen haben und sich nicht entsinnen können, wieso alles gekommen.

Ohne jeden Übergang wich die Überreizung der Nerven vollständiger Erschlaffung.

Des Kaw-djer erste Sorge war, das Feuer zu löschen, damit nicht das ganze Lager ein Raub der Flammen werde, denn ein leichter Südwind hatte sich erhoben und die Gefahr war groß. Mehr als drei Vierteile von Beauvals ehemaligem »Regierungspalast« waren schon von den Flammen verzehrt worden, und es genügten einige kräftige Kolbenschläge, den leichten Bau vollends zum Stürzen zu bringen; – von der ganzen Herrlichkeit war bald nichts mehr zu sehen als ein kleiner Haufen verkohlter Trümmer, aus denen ein beißender Rauch aufstieg.

Fünf Mann ließ der Kaw-djer zur Bewachung des Platzes zurück, dann suchte er mit den zehn anderen die Ebene ab, um die Flüchtlinge zu sammeln. Es gelang ihm ohne große Mühe. Sie kehrten von allen Seiten nach Liberia zurück; die Angreifer, bei denen sich eine bleierne Müdigkeit an Stelle der wahnsinnigen Wut eingestellt hatte, bildeten den Vortrab. Ihnen folgten die armen, geprügelten Tröpfe, welche sich noch nicht von ihrem Schrecken erholt hatten, zitternd und furchtsam näherten und in vorsichtiger Entfernung von den Siegern hielten. Als sie aber den Kaw-djer erblickten, faßten sie schnell neuen Mut und näherten sich rasch, so daß sie sich unter die anderen mengten und beide Teile gleichzeitig in Liberia anlangten.

In weniger als einer Stunde war die ganze Bevölkerung auf dem Platze versammelt. Wer diesen zusammengedrängten Menschenknäuel jetzt sah, eine homogene Masse, hätte nie erraten können, daß noch vor kurzem zwei feindliche Strömungen die Leute entzweit hatten.

Wäre nicht der Boden von so vielen Opfern bedeckt gewesen, hätte keine Spur die stattgehabten Szenen verraten.

Die Volksmenge gab kein Zeichen von Ungeduld von sich, sie war nur neugierig. Noch ganz erstaunt ob des ihnen unverständlichen Wirbelsturmes, der sie gerüttelt und zerschlagen hatte, starrten die Emigranten verständnislos die dichte Gruppe der fünfzehn bewaffneten Männer an, welche ihnen gegenüberstand, und harrten der Dinge, die da kommen sollten.

Der Kaw-djer trat in die Mitte des Platzes und sagte, zu den Kolonisten gewandt, deren Blicke auf ihn gerichtet waren:

»Von heute an bin *ich* euer Oberhaupt!«

Welch langen Weg hatte er durchwandern müssen, ehe er sich zu diesen Worten entschließen konnte! Er erklärte sich nicht nur mit dem Prinzip der Autorität einverstanden, er willigte nicht nur ein – ungeachtet seines Widerwillens – sich selbst zum ausübenden Organ herzugeben, er ging noch weiter; von einem Extrem ins andere ist nur ein kleiner Schritt: – er überflügelte selbst die größten Autokraten.

Er begnügte sich nicht damit, auf sein Freiheitsideal zu verzichten – er trat es mit Füßen. Es fiel ihm nicht ein, sich der Zustimmung derjenigen zu versichern, als deren Oberhaupt er sich in wenigen klaren, präzisen Worten erklärt hatte. Das war keine Revolution – das war ein Staatsstreich!

Ein Staatsstreich, mit einer erstaunlichen Leichtigkeit durchgeführt. Nach der bündigen Erklärung des Kaw-djer herrschte einige Sekunden Totenstille, dann ging es wie ein Aufschrei durch die Menge. Lebhafte Beifallsäußerungen, Hochrufe, lautes »Hurra!« – wie ein Orkan brauste es durch die Lüfte. Man drückte sich die Hände, man beglückwünschte sich, Mütter umarmten ihre Kinder – es herrschte ein frenetischer Enthusiasmus!«

In der tiefsten Entmutigung zeigte sich den armen Leuten wieder ein Hoffnungsstrahl. Jetzt, da der Kaw-djer ihre Angelegenheit in die Hand nahm, waren sie gerettet! Er erlöste sie von allem Elend. Wie?... Durch welche Mittel?... Niemand machte sich darüber Sorgen; darum handelte es sich jetzt nicht. Nachdem er sich ihrer annahm, brauchte man nichts weiter zu überlegen.

Aber einige gab es dennoch, die düster vor sich hinblickten. Es waren Anhänger Beauvals und Lewis Doricks, welche sich in der Menge verloren; in die Hochrufe hatten sie nicht eingestimmt, aber sie wagten keinen Widerspruch; ihre entgegengesetzte Meinung äußerten sie nur in beredtem Schweigen. Es blieb ihnen nichts anderes übrig. Ihre unbedeutende Minorität mußte mit der bestehenden Majorität rechnen, seitdem diese einen Führer hatte. Jetzt besaß dieser riesige Körper auch einen Kopf, dessen Scharfsinn die zahlreichen, bisher mißachteten Arme mit einem Male gefährlich machte.

Der Kaw-djer erhob die Hand und sogleich – wie durch einen Zauberschlag – herrschte vollkommenes Schweigen.

»Hostelianer!« sagte er, »das Notwendige und

Menschenmögliche wird geschehen, um eure Lage zu verbessern. Aber ich fordere Gehorsam von allen und ich rechne mit Bestimmtheit darauf, daß niemand mich zwingen wird, Gewalt anzuwenden. Jetzt geht in eure Behausungen zurück und wartet auf weitere Instruktionen, die euch baldigst zukommen werden.«

Der Erfolg dieser energischen Ansprache von lakonischer Kürze war der denkbar beste. Die Leute verstanden, daß sie jetzt geleitet wurden und daß sie sich zukünftig nur leiten zu lassen brauchten. Nichts konnte diesen Unglücklichen erwünschter sein, welche von ihrer Freiheit einen so schlechten Gebrauch und so beklagenswerte Erfahrungen gemacht hatten, die sie gern für die Sicherheit eines Stückchen Brotes eintauschten. Die Freiheit ist ein unschätzbares Gut, aber man kann sie nur genießen, wenn man zu leben versteht. Und leben wollte jetzt dieses verzagte Volk; leben – dahin zielten für den Augenblick alle ihre Wünsche.

Man gehorchte ohne Zögern, nicht der leiseste Widerspruch wurde laut. Der Platz leerte sich und alle, bis auf Lewis Dorick, gehorchten dem erhaltenen Befehle und zogen sich in ihre Häuser oder Zelte zurück.

Der Kaw-djer sah der sich allmählich verlaufenden Menge nach und um seine Lippen legte sich ein bitterer Zug. Wenn ihm noch Illusionen geblieben waren – jetzt mußten sie zusammenbrechen. Der Mensch haßte den Zwang durchaus nicht so sehr, wie er immer gemeint hatte. Eine derartige Schlaffheit – besser Feigheit – harmonierte mit dem Wesen der unumschränkten Freiheit allerdings nicht!

Ungefähr hundert Kolonisten hatten das Beispiel der anderen nicht befolgt. Der Kaw-djer sah diese unfügsame Gruppe und seine Stirne legte sich in Falten. Da trat einer aus der Mitte seiner Gefährten und nahm im Namen aller das Wort. Der Grund, warum sie sich nicht auch in ihre Wohnungen zurückzogen, war der, daß sie kein Heim besaßen.

Sie waren durch die Bande der Plünderer von ihrem Herd, aus ihren zerstörten Blockhäusern verjagt worden und erst vor kurzem an der Küste angekommen; einige vor wenigen Tagen, andere erst am Vorabend, und sie nannten kein anderes Dach ihr eigen als den Himmel über ihrem Haupte.

Der Kaw-djer gab ihnen die Versicherung, daß ihre Zukunft so bald als möglich entschieden werden würde und riet ihnen, vorläufig die Reservezelte aufzurichten und zu benützen. Dann beeilte er sich aber, nach den Opfern der Meuterei zu sehen.

Deren gab es viele; sie lagen teils auf dem Platze selbst, teils in der nächsten Umgebung des Lagers. Man holte die letzteren herbei und bald waren alle nach Liberia geschafft. Nach geschehener Untersuchung ergab es sich, daß der Kampf nicht weniger als zwölf Kolonisten das Leben gekostet hatte, die drei Teilnehmer am Raubzuge mit eingerechnet, welche bei dem geplanten Sturm auf das Blockhaus Germain Rivières den Tod gefunden hatten. Eigentlich war kein Grund vorhanden, die Toten sehr zu beklagen. Ein einziger unter ihnen gehörte dem »guten« Teil der Bevölkerung der Insel Hoste an; es war einer der im Laufe des Winters aus dem Inneren der Insel angekommenen Emigranten. Alle anderen gehörten zu Beauvals oder Doricks Partei, und ihr Verschwinden vom Schauplatz konnte für die in Angriff zu nehmende Arbeit und Ordnung auf der Insel nur von günstigem Einfluß sein.

Den größten Schaden hatten eigentlich die Meuterer selbst erlitten, welche gleich zügellos beim Angriff wie bei der Verteidigung vorgegangen waren. Was die unschädlichen Zuschauer betraf, die bloße Neugierde herbeigelockt hatte und die nach dem Anzünden des »Palastes« mit solcher Wildheit angegriffen worden waren, so hatten sie außer dem einen ermordeten Kolonisten nur über Wunden – und nicht allzu schwere – zu klagen: Kontusionen, Knochenbrüche, Stichwunden, die kein Leben gefährdeten.

Aber für den Kaw-djer war Arbeit genug vorhanden! Doch das schreckte ihn nicht. Er hatte nicht blind, mit geschlossenen Augen das Amt auf sich genommen, über das Leben von tausend menschlichen Wesen zu wachen und für deren Existenz Sorge zu tragen. Die Aufgabe war schwer durchführbar und verantwortungsvoll, aber sein Mut war ihr gewachsen.

Nachdem die Verwundeten untersucht und verbunden worden waren, wenn sich die Notwendigkeit dazu ergab, wurden sie nach ihren Wohnungen gebracht.

Jetzt endlich war der Platz vollständig leer. Wieder ließ der Kaw-djer fünf Mann zur Bewachung zurück, dann begab er sich in Begleitung der zehn anderen nach Neudorf, wohin ihn eine andere Pflicht rief: Dort lag Halg, vielleicht sterbend, vielleicht schon tot . . .

Halg war in demselben Zustand, in dem ihn der Kaw-djer verlassen hatte; es fehlte ihm nicht an der sorgsamsten Pflege. Graziella und deren Mutter waren herbeigeeilt und lösten Karroly am Lager des Verwundeten ab, und auf die Aufmerksamkeit und Hingabe *dieser* Krankenpflegerinnen durfte man bauen! Das junge Mädchen hatte in der harten Schule, welche es durchgemacht, gelernt, Schmerzen still in sich zu verschließen und ohne Klagen zu tragen; sie trat dem Kaw-djer ruhig und gefaßt entgegen und antwortete verständig auf seine Fragen. Halg fieberte nur wenig – teilte sie ihm mit – aber er war noch nicht zu klarem Bewußtsein erwacht und unterbrach den durch den großen Schwächezustand bedingten Schlaf nur durch gelegentliches schmerzliches Stöhnen. Immer noch quoll rötlicher Schaum von seinen bleichen Lippen, aber er floß weniger reichlich und weniger blutig als früher. Das ließ sich als ein günstiges Zeichen deuten.

Während dieser Zeit hatten die zehn Männer, welche mit dem Kaw-djer gekommen waren, aus den Reservevorräten Neudorfs Lebensmittel geholt und eilten, ohne sich auch nur kurze Zeit zu gönnen, nach Liberia zurück. Dort gingen sie von Tür zu Tür und brachten einem jeden seine Ration. Als die Verteilung beendet war, bestimmte der Kaw-djer die Wachtordnung für die Nacht, dann hüllte er sich in seine Decke, streckte sich auf dem Boden aus und suchte auch den ihm so notwendigen Schlaf.

Aber er konnte ihn nicht finden. Ungeachtet der körperlichen Müdigkeit arbeitete das Gehirn weiter und dachte ... und grübelte ...

Wenige Schritte von ihm standen die beiden Wachen gleich unbeweglichen Statuen. Kein Laut unterbrach die Stille. Mit weit geöffneten Augen starrte der Kaw-djer in die Schatten der Nacht und träumte ...

»Was hatte er getan? ... Warum hatte er gestattet, daß seine Überzeugung von den Tatsachen überstimmt worden war! ... Wie er jetzt darunter litt! ... Wenn er auch früher in Irrtümern gelebt hatte, er war dabei glücklich gewesen! ... Glücklich ... Und was hinderte ihn daran, es noch zu sein? Er mußte nur wollen. Und wie konnte er das erreichen? Nichts war einfacher. Er brauchte sich nur zu erheben, zu fliehen und in dem Taumel eines ungezügelten Wanderlebens, das ihn ja früher so befriedigt und beglückt hatte, Vergessenheit zu suchen für diese grausame Enttäuschung ...

Ach, es war zu spät dazu! Nichts konnte ihm jemals wieder seine zerstörten Illusionen aufbauen. Und was wäre dann sein Leben, wenn er bis ans Ende seiner Tage den brennenden Vorwurf mit sich herumschleppen müßte, einer falschen Gottheit so viele Menschenleben geopfert zu haben! ... Nein! Nun hatte er die Sorge für diese Menschen auf seine Schultern genommen, jetzt hatte er sich vor sich selbst für sein Tun und Lassen zu verantworten. Erst bis er sie von Stufe zu Stufe bis zum sicheren Hafen geführt haben würde, erst dann konnte er die übernommene Aufgabe als erledigt betrachten.

Welchen Weg mußte er nun wählen? . . . War es nicht überhaupt zu spät zu allem Eingreifen? . . .

Lag es überhaupt in der Macht irgendeines Menschen, wessen Geistes er immer sei, ein Volk aus sich selbst herauszureißen, es emporzuheben aus dem Morast, in den es durch seine Fehler und Laster, seine geistige und moralische Unzulänglichkeit gefallen war; es zu erretten von dem Niedergange, für den es aus eben diesen Gründen vorherbestimmt war?

Kaltblütig schätzte der Kaw-djer das Gewicht der Last ab, die er auf seine Schultern genommen hatte. Er suchte sich über seine Verpflichtungen ganz klar zu werden und forschte nach den passendsten Mitteln, von deren Anwendung er Erfolg erhoffen durfte. Er mußte vor allem diese armen Leute vom Hungertode erretten! . . . Das war die erste und notwendigste Pflicht! Und das war wenig im Vergleich zur Größe des ganzen Unternehmens.

Leben heißt nicht nur, für die materiellen Bedürfnisse der Organe Sorge tragen, es heißt auch – und mehr noch – seiner menschlichen Würde bewußt sein, nur auf sich selbst zählen, sich für den Nächsten opfern, stark und gut sein! Wenn die Lebenden vom Hungertode errettet wurden, blieb die schwerere Pflicht zu erfüllen: aus diesen Lebenden Menschen zu machen!

Ob diese Entarteten überhaupt fähig waren, sich zu diesem Ideale aufzuschwingen? Alle gewiß nicht; aber vielleicht gab es einzelne unter ihnen, die sich zur Höhe emporarbeiten konnten, wenn man ihnen den Stern am Himmel zeigte, den ihre

Augen bisher zu blöde gewesen zu entdecken; wenn man sie an der Hand faßte und zum Ziele hinführte. Das waren die Gedanken des Kaw-djer in dieser stillen Nacht. So war nach und nach auch sein letzter Widerstand gebrochen, sein letztes Sträuben besiegt und es formte sich in seinem Geist der Plan, der künftighin allen seinen Akten zur Richtschnur dienen mußte.

Die Morgenröte fand ihn schon auf den Beinen; er kehrte soeben von Neudorf zurück, wo er zu seiner Freude konstatieren konnte, daß Halgs Befinden sich zum Besseren neigte. Nach Liberia zurückgekehrt, erinnerte er sich seiner Pflichten als Gouverneur und handelte danach.

Sein erstes Beginnen setzte selbst die ihm am nächsten Stehenden in Erstaunen. Er rief die zwanzig oder fünfundzwanzig Arbeiter – Maurer und Tischler – zusammen, welche sich unter der Bevölkerung der Insel befanden, stellte ihnen ungefähr zwanzig Kolonisten zur Seite, solche, die mit Hacke und Spaten umzugehen verstanden, und teilte einem jeden seine Arbeit zu. An einer bestimmten Stelle mußten Gräben aufgeworfen werden, wo die Mauern eines der zerlegbaren Häuser aufgestellt werden sollten, das an diesem Platze zu errichten war. Waren die Maurer so weit gekommen, so sollten sie die Festigkeit der Wände durch aufzuführende Stützmauern erhöhen, dann sollte das Haus – nach einem vor ihren Augen in den Sand gezeichneten Plane – durch Verschläge in Abteilungen zerlegt werden.

Nachdem diese Weisungen erteilt waren und man unter der Aufsicht des zur Würde eines Werkmeisters erhobenen Hobard zur Ausführung schritt, entfernte sich der Kaw-djer mit seinem Gefolge von zehn Mann.

In nächster Nähe stand das größte der zerlegbaren Häuser. Es war von fünf Personen bewohnt. Hier hatte in Gesellschaft der Brüder Moore, Sirdeys und Kennedys Lewis Dorick seinen Wohnsitz aufgeschlagen. Dahin ging der Weg des Kaw-djer.

Als er hinkam, waren die fünf Männer in einem lebhaften Wortwechsel begriffen; bei seinem Eintreten erhoben sie sich brüsk.

»Was suchen Sie hier?« fragte Lewis Dorick in seinem unfreundlichen Ton.

Von der Schwelle aus erwiderte der Kaw-djer kalt:

»Die Kolonie braucht dieses Haus.«

»Braucht dieses Haus?« ... wiederholte Dorick, welcher, wie man zu sagen pflegt, seinen Ohren nicht traute. »Wozu denn?«

»Für ihre Zwecke. Ich muß Sie ersuchen, es sofort zu räumen.«

»Sonst nichts?« fragte Dorick spöttisch. »Und wohin sollen wir dann gehen?«

»Wohin Sie wollen; es steht Ihnen frei, sich ein anderes Haus zu bauen.«

»Zu gütig! ... Und bis dieses fertiggestellt ist ...«

»Stehen Ihnen Zelte zur Verfügung!«

»Und ich weise Ihnen die Türe«, schrie Dorick hochrot vor Zorn.

Der Kaw-djer trat zurück, so daß sein bewaffnetes Gefolge sichtbar wurde, welches vor der Türe stehengeblieben war.

»In diesem Falle«, sagte er eisig, »würde ich mich gezwungen sehen, meine Forderung mit Gewalt zu unterstützen.«

Lewis Dorick begriff augenblicklich, daß jeder Widerstand vergeblich war, und lenkte ein:

»Gut, gut!« brummte er; »man geht ja schon! Aber wir brauchen doch Zeit, unsere Sachen zusammemzupacken, denn ich vermute, es wird uns doch hoffentlich gestattet sein, mitzunehmen, was . . .«

»Gar nichts werden Sie mitnehmen«, unterbrach ihn der Kaw-djer. »Ich hafte dafür, daß Ihnen Ihre persönliche Habe zugestellt wird; alles übrige gehört der Kolonie.«

Das war zuviel! In seiner Wut vergaß Dorick alle Vorsicht.

»Das wollen wir denn doch sehen!« rief er und fuhr mit der Hand an den Gürtel.

Das Messer war noch nicht vollständig seiner Scheide entfahren, als es ihm auch schon entrissen wurde. Jetzt stürzten die Brüder Moore zur Verteidigung Doricks herbei. Der Kaw-djer packte den größeren an der Kehle und schleuderte ihn zu Boden. Im selben Augenblick drang die Eskorte des neuen Gouverneurs in das Haus ein. Es bedurfte ihres Dazwischentretens nicht. Die fünf Emigranten hatten vor dem neuen Oberhaupt Respekt bekommen und gingen hinaus, ohne an weiteren Widerstand zu denken.

Der Lärm des Wortgefechts hatte natürlich eine Anzahl Neugieriger herbeigelockt. Man umdrängte die Tür, und die fünf Besiegten mußten sich erst ihren Weg durch diese Ansammlung von

Menschen bahnen, denen sie früher ein Gegenstand des Schreckens gewesen waren.

Der Wind blies jetzt aus einer anderen Richtung. Man überhäufte sie mit Schmähworten.

Unter Zuhilfenahme seiner Gefährten schritt der Kaw-djer zur genauen Durchsuchung des Hauses, von dem er im Namen der Kolonie Besitz ergriffen hatte. Alles, was Anspruch hatte, unter die persönliche Habe der früheren Besitzer gerechnet zu werden, wurde – wie es der Kaw-djer versprochen – beseite gelegt, um später seinen Eigentümern zugestellt zu werden. Aber außer diesen Dingen machte er interessante Entdeckungen. Der eine, nach rückwärts gelegene Raum war in eine Speisekammer verwandelt worden. Ein bedeutender Vorrat an Nahrungsmitteln war da aufgestapelt: Konserven, trockene Gemüse, gedörrtes Fleisch, Tee und Kaffee – die Vorräte waren ebenso reichlich vorhanden als weise zusammengestellt. Wieso hatten Lewis Dorick und sein Anhang ihrer habhaft werden können? Sicher war, daß sie niemals unter der allgemeinen Not litten, was sie übrigens durchaus nicht gehindert hatte, sich mehr zu beklagen als alle anderen und die Urheber jener Mißstände zu werden, die das Scheitern von Beauvals Macht zur Folge hatten.

Der Kaw-djer ließ die gefundenen Lebensmittel auf den Platz schaffen, wo sie unter dem Schutz der Gewehre niedergelegt wurden, dann begannen zu dem Zwecke gewählte Arbeiter unter Führung des Werkmeisters Lawson, seines Zeichens ein Schlosser, das Haus niederzureißen.

Während diese Arbeiten rasch vorwärtsschritten, vollzog der Kaw-djer – stets in Begleitung einer kleinen Escorte – eine genaue Durchsuchung sämtlicher Wohnungen, der Häuser und der Zelte, des Lagers und unterbrach diese Beschäftigung erst dann, als auch die letzte Behausung bis zum letzten Winkel durchstöbert worden war. Das Ergebnis dieser Hausdurchsuchungen, die den größten Teil des Tages ausfüllten, setzte alle in Staunen: es fanden sich ungeahnte Reichtümer.

Bei allen Emigranten, welche mit Lewis Dorick und Ferdinand Beauval in mehr oder minder friedlichen Beziehungen standen, und auch bei einigen anderen, welche in Zeiten relativen Überflusses für die Tage der Not gespart hatten, entdeckte man geheime Aufbewahrungsorte, ähnlich dem im Hause Doricks vorgefundenen.

Um jeden Verdacht abzulenken, hatten die Besitzer dieser Schätze sich zu den ärgsten Schreiern gesellt, als die Hungersnot ausgebrochen war. Der Kaw-djer erkannte mehr als einen unter ihnen, welcher ihn um Hilfe angefleht und ohne alle Gewissensbisse die Nahrungsmittel angenommen hatte, die aus den Vorräten der Bewohner Neudorfs stammten. Als sie sich jetzt entdeckt sahen, schienen sie sehr beschämt, obwohl der Kaw-djer durch keine Miene die Gefühle verriet, die die Anwendung ihrer List in ihm wecken mußte.

Und doch öffnete ihm diese Entdeckung neue Ausblicke auf die unerbittlichen Gesetze, die die Welt regieren. Indem sie ihr Ohr den Schmerzensrufen verschlossen, die der Hunger ihren Unglücksgefährten entriß, indem sie, falsch und berechnend, gemeinsam mit den anderen auch ihr

Jammergeschrei ertönen ließen, nur um nicht zu einer Teilung des Brotes gezwungen zu werden, das sie für sich allein aufgehoben hatten, bewiesen diese Menschen wieder einmal klar und deutlich, daß der wilde, erbarmungslose Egoismus, der allein die Erhaltung des geliebten Selbst bezweckt, einer jener Instinkte ist, die in der menschlichen Natur am lautesten sprechen. Wahrhaftig, sie hätten nicht anders handeln können, wären sie, anstatt mit Vernunft und Empfindung begabte Wesen, bloße Aggregate einer Materie gewesen, die blind den physiologischen Fatalitäten der Urzelle gehorchen müssen, aus der sie geworden sind.

Aber der Kaw-djer bedurfte, um sich überzeugen zu lassen, nicht mehr dieses neuerlichen Beweises, der leider nicht der letzte sein würde. Sein zusammenstürzendes Traumgebilde hatte in sein Herz eine fürchterliche Leere gerissen – aber er dachte nicht mehr im entferntesten daran, es wieder aufzurichten. Die überzeugende Brutalität der Vorkommnisse hatte ihm der Beweise genug für seinen Irrtum gebracht. Er verstand jetzt, daß er als Philosoph gehandelt hatte, als er Systeme erfand, nicht als Wissender, und daß er dadurch gegen den Geist der Wissenschaft gefehlt habe, der alle Spekulationen untersagt, die nicht auf Erfahrungen gegründet und daher dem Zufallsspiel anheimgestellt sind, der die rein objektive Prüfung der Tatsachen fordert. Nun sind aber die Tugenden und Laster der Menschheit, ihr Heldentum und ihre Schwächen, die ungeheuere Mannigfaltigkeit ihrer Lebensäußerungen Tatsachen, die man anerkennen und in Rechnung setzen muß.

Und welchen kapitalen Urteilsfehler hatte er nicht begangen, als er jede Obrigkeit im Bausch und Bogen verdammte, mit der seichten Begründung, daß auch sie nicht unfehlbar ist und daß die natürliche Vollkommenheit des Menschen ihr Eingreifen unnütz macht. Diese Machthaber, welche er stets so streng verurteilt hatte, sind sie denn nicht Menschen wie die anderen? Woher käme ihnen gerade das Vorrecht, unvollkommen zu sein? Hätte er nicht gerade aus ihrer angenommenen Unvollkommenheit logischerweise einen Schluß auf die Unvollkommenheit aller ziehen müssen, und hätte das nicht, wieder ganz natürlich, die Notwendigkeit der Aufstellung von Gesetzen ergeben und einer Autorität, die sie in Anwendung bringt?

Sein großartiger Wahlspruch hatte sich überlebt, war haltlos geworden. »Kein Gott! Kein Gebieter!« hatte er stolz behauptet – jetzt war er bekehrt, hatte die Notwendigkeit eines Herrn eingesehen. Der zweite Teil des Satzes war nicht haltbar, und sein Zusammenbruch erschütterte die Festigkeit des ersteren. Er war noch nicht so weit, die Verneinung durch eine Bejahung zu ersetzen. Aber er empfand wenigstens das edle Zögern des Gelehrten, welcher vor einem Rätsel, dessen Lösung unmöglich ist, an der Schwelle des Unerfaßlichen stehenbleibt und es mit dem Geiste der Wissenschaft als unerträglich erachtet, Behauptungen aufzustellen, ohne dieselben zu beweisen: daß nur die Materie das Weltall regiert und alles ihren Gesetzen unterworfen ist. Er sah ein, daß angesichts solcher Fragen ein weises Zuwarten am Platze ist, und daß, wenn es auch jedem frei steht, seine eigene Erklärung des Welträtsels an dem Kampf der Hypothesen teilnehmen zu lassen, jede kategorische Behauptung nur Anmaßung oder Dummheit bedeuten könne.

Unter allen wichtigen Funden verdiente derjenige die größte Beachtung, welcher in der Hütte des Irländers Patterson und seines jetzt alleinigen Gefährten Long gemacht wurde. Der Kaw-djer trat nur aus Gewissenhaftigkeit hinein, sie war ja so klein, daß es unmöglich schien, darin ein Versteck mit geheimen Vorräten anzulegen. Aber Pattersons Erfindungsgabe und Geschicklichkeit hatte den beschränkten Raum zu vergrößern gewußt, indem er einen Keller aushöhlte, den ein Fußboden aus Brettern bedeckte und versteckte.

Die Menge von Lebensmitteln, die da aufgespeichert waren, grenzte ans Unglaubliche. Man konnte damit die ganze Kolonie während einer Woche ernähren. Dieser bedeutende Vorrat entbehrte nicht des tragischen Hintergrundes, wenn man sich an den unglücklichen Blaker erinnerte, welcher inmitten dieser Schätze Hungers starb, und den Kaw-djer schauderte, wenn er bedachte, wie es in der finsteren Seele Pattersons aussehen mußte, der ein so entsetzliches Drama ruhig an seinen Augen vorüberziehen ließ.

Der Irländer trug durchaus keine schuldbewußte Miene zur Schau. Er trat im Gegenteil sehr arrogant auf und protestierte energisch gegen den Raub, der an ihm verübt wurde. Der Kaw-djer, welcher vergebens seine Langmut an ihn verschwendete, suchte ihm in aller Ruhe die Notwendigkeit begreiflich zu machen, daß sich jeder einzelne bewußt sein müsse, zum gemeinsamen Wohl der Kolonie sein Möglichstes beizusteuern. Patterson wollte nicht Vernunft annehmen. Die Drohung, mit Gewalt einzuschreiten, blieb gleichfalls erfolglos. Er ließ sich nicht einschüchtern wie Lewis Dorick. Was war ihm die kleine Eskorte des Gouverneurs! Der Geizhals hätte sein Hab und Gut auch gegen eine Armee verteidigt! Diese Vorräte, die er um den Preis von unzähligen Entbehrungen, indem er sich die Bissen vom Munde gespart, zusammengescharrt hatte, gehörten ihm, waren sein unbestreitbarer Besitz! Er hatte nicht im Interesse der Allgemeinheit, sondern zu seinem persönlichen Vorteil gespart und gedarbt. Und wenn ihm sein Eigentum dennoch genommen werden sollte, mußte es ihm bezahlt werden; den genauen Wert der Ware verlangte er in Geld.

Einst hätte eine derartige Beweisführung den Kaw-djer lächeln machen – heute machte sie ihn nachdenklich. Eigentlich hatte Patterson recht. Um das Vertrauen der ihres Eigentums beraubten Hostelianer nicht zu erschüttern, wäre man verpflichtet gewesen, nach jenen Regeln vorzugehen, welche sie gewohnt waren, überall beachtet zu sehen. Und die erste aller durch eine allgemeine Übereinstimmung geheiligte Regel ist das Eigentumsrecht.

Deshalb hörte der Kaw-djer so geduldig die Verteidigungsrede Pattersons an, deshalb versicherte er ihn, daß es sich in diesem Falle durchaus nicht um eine Beraubung handle, da alles, was im Interesse der Kommunität beschlagnahmt wurde, nach seinem genauen Werte zurückgezahlt würde. Damit war dem Protestverhalten des Geizhalses ein Ende gemacht. Aber nun begann ein lautes Klagen. Jede Ware war so selten und infolgedessen so wertvoll auf der Insel Hoste! ... Der geringfügigste Gegenstand war eigentlich von ungeheuerem Werte ... Ehe Frieden geschlossen wurde, mußte der Kaw-djer lange Verhandlungen in bezug auf die Höhe der zu zahlenden Summe durchmachen. Als man dann einig geworden war, legte Patterson freiwillig beim Leeren seines Kellers mit Hand an.

Bis sechs Uhr abends waren alle gefundenen Lebensmittel auf den Platz gebracht worden. Sie bildeten einen Hügel von beträchtlicher Höhe. Der Kaw-djer schätzte sie mit einem flüchtigen Blicke ab, fügte ihnen in Gedanken die Vorräte von Neudorf bei und berechnete, daß bei strenger Verwaltung die Kolonisten für zwei Monate versorgt waren.

Sogleich wurde die erste Verteilung vorgenommen. Die Emigranten defilierten vorüber und jeder erhielt für sich und seine Familie den ihm bestimmten Anteil. Sie machten große Augen, als sie die angehäuften Reichtümer sahen, da sie sich doch dem Verhungern nahe glaubten. Das war ein Wunder; ein Wunder, das der Kaw-djer bewirkt hatte!«

Nach stattgefundener Verteilung kehrte dieser mit Harry Rhodes nach Neudorf zurück und beide eilten an das Schmerzenslager Halgs. Zu ihrer Freude konnte der Kaw-djer eine anhaltende Besserung im Befinden des Kranken konstatieren, bei dem Tullia und Graziella unausgesetzt Wache hielten.

Nach dieser Richtung beruhigt, nahm der Kaw-djer mit unbeugsamen Starrsinn den Plan auf, den er sich während der letzten schlaflosen Nacht vorgezeichnet hatte.

Er wandte sich an Harry Rhodes und sagte ernst:

»Die Zeit zu reden ist nun gekommen, Herr Rhodes. Bitte, folgen Sie mir.«

Der ernste, fast schmerzhafte Ausdruck seines Gesichtes bestürzte Harry Rhodes, welcher stillschweigend gehorchte. Beide verschwanden im Zimmer des Kaw-djer, dessen Tür sorgfältig verriegelt wurde.

Eine Stunde später öffnete sie sich wieder und niemand ahnte, was bei dieser Unterredung zur Sprache gekommen war. Der Kaw-djer hatte sein gewöhnliches Aussehen beibehalten, vielleicht war er noch unnahbarer geworden; Harry Rhodes dagegen schien ganz verklärt vor Freude. Vor seinem Freunde, welcher ihn bis an die Tür seines Hauses begleitet hatte, verbeugte er sich fast ehrfürchtig, ehe er ihm innig die Hand drückte, die dieser ihm entgegenstreckte; im Augenblick des Scheidens sagte er noch:

»Zählen Sie auf mich!«

»Das tue ich!« antwortete der Kaw-djer, und sah seinem Freunde nach, welcher in der Nacht verschwand.

Nachdem Harry Rhodes gegangen war, kam Karroly an die Reihe.

Der Kaw-djer nahm ihn mit sich und gab ihm Verhaltungsmaßregeln, die der Indianer mit seinem gewohnten Respekt anhörte, dann erst ging er

– unermüdlich, wie er war – wie am Vorabende nach Liberia hinüber und suchte seine Nachtruhe auf dem Platze unter freiem Himmel.

Er gab beim ersten Morgengrauen selbst das Zeichen zum Erwachen. Bald waren alle Kolonisten um ihn versammelt.

»Hostelianer«, sagte er, während alles schweigend lauschte, »heute werden die Lebensmittel zum letzten Male verteilt. Dann müssen sie gekauft werden; die Höhe der Preise werde ich bestimmen, das Geld soll dem Staate zugute kommen. Nachdem alle mit Geld versorgt sind, ist keine Gefahr, daß jemand am Hungertuch nagen muß. Übrigens braucht die Kolonie fleißige Hände. Alle, welche sich melden wollen, werden beschäftigt und bezahlt werden. Von nun an ist die Arbeit ein Gebot!«

Man kann es nicht allen Leuten recht machen und zweifellos mißfiel diese kurze Anrede einigen der Kolonisten gründlich; aber sie elektrisierte buchstäblich die Mehrzahl der Zuhörer. Ihre gesenkten Köpfe hoben sich, sie richteten sich aus ihrer gebeugten Haltung auf, als ob eine Kraft in ihnen lebendig geworden sei! Endlich war es vorbei mit der tötenden Langeweile, der schrecklichen Untätigkeit! Man bedurfte ihrer! Sie sollten nicht mehr ein unnützes Dasein führen, man brauchte sie zur Arbeit; gleichzeitig sicherte man ihnen eine Tätigkeit und das Leben.

Ein gewaltiges, begeistertes »Hurra!« erscholl für den Kaw-djer, und kräftige Arme streckten sich schaffensfreudig ihm entgegen.

Im selben Augenblick glaubte dieser, wie als

Antwort auf das Geschrei der Menge, einen schwachen Ruf aus der Ferne zu vernehmen.

Der Kaw-djer wandte sich um und erblickte, weit draußen auf dem Meere, die Wel-kiej mit Karroly am Steuer; Harry Rhodes stand vorne und winkte Abschiedsgrüße mit der Hand, während die Schaluppe in vollem Segelschmuck dahinflog.

Zweites Kapitel

Die werdende Stadt

Sogleich ging der Kaw-djer an die Verteilung der Beschäftigungen. Alle angebotenen Kräfte wurden verwendet und es hatte sich die Mehrzahl der Kolonisten zur Arbeit gedrängt. Die Leute wurden abteilungsweise unter den Befehl von schnell ernannten Werkmeistern gestellt; die einen begannen den Bau einer Fahrstraße, die Liberia und Neudorf verbinden sollte, die anderen mußten die zerlegbaren Häuser versetzen, die bisher ganz regellos aufgerichtet worden waren; jetzt wurden sie planmäßig verteilt. Der Kaw-djer gab selbst die Bauordnung an. Einige wurden in parallelen Reihen, andere gegenüber der einstigen Behausung Doricks errichtet, welche sich ihrerseits an Stelle des ehemaligen »Regierungspalastes« Beauvals erhob.

Eine Schwierigkeit machte sich gleich bemerkbar. Man verfügte nicht über eine genügende Menge von Werkzeugen. Die Emigranten, welche aus dem einen oder anderen Grunde ihre Unternehmungen im Inneren der Insel im Stiche gelassen, hatten nicht daran gedacht, ihr Handwerkszeug mitzunehmen. Sie mußten es nun holen gehen, und so bestand die erste Arbeit dieser Kolonisten darin, sich die Mittel zur Arbeit zu verschaffen.

Sie mußten nochmals den Weg wandern, den sie im Winter unter so großen Schwierigkeiten zurückgelegt hatten, als sie nach Liberia flüchteten. Aber die Umstände hatten sich geändert; jetzt schien er ihnen so viel leichter. Der Frühling war auf den Winter gefolgt, es herrschte kein Mangel an Nahrungsmitteln, und die Gewißheit, nach ihrer Rückkehr ihr Leben verdienen zu können, erfüllte sie mit großer Freudigkeit. Nach zehn Tagen war auch der letzte schon zurückgekehrt.

Die mit den Wegbauten beschäftigten Arbeiter hatten schon sehr viel geleistet. Die Straße wuchs zusehends. Die Häuser standen in freundlichen harmonischen Gruppen da. Jedes war von einem großen, freien Raum umgeben, in dem später ein Garten angelegt werden sollte. Jedes Haus war von dem anderen durch eine breite Straße getrennt, das der Ansiedlung eher das Aussehen einer Stadt als eines provisorischen Lagers verlieh. Gleichzeitig schaffte man die Trümmer und den Schmutz beiseite, den die frühere Nachlässigkeit der Bewohner hatte anhäufen lassen.

Nachdem das einstige Haus Doricks zuerst in Angriff genommen worden war, ging es auch als erstes seiner Vollendung entgegen und war schon bald bewohnbar. Es war kein sehr zeitraubendes Geschäft gewesen, diesen leichten Bau niederzureißen und an einer anderen Stelle wieder aufzurichten, trotzdem er bedeutend vergrößert worden war. Ganz fertig war er noch nicht, aber seine Mauern standen schon, auch das Dach war aufgesetzt, desgleichen war man schon mit den inneren Teilwänden fertig. Um das Haus zu beziehen, brauchte die Fertigstellung der äußeren Stützmauern nicht abgewartet zu werden!

Am 7. November nahm der Kaw-djer davon Besitz. Die Einteilung war die denkbar einfachste. In der Mitte befand sich der zur Aufnahme sämtlicher Vorräte bestimmte Raum; um diesen Mittelraum lief eine Reihe miteinander verbundener Zimmer, die nach Norden, Osten und Westen gingen und auch von außen zu betreten waren. Das einzige Südzimmer hatte keinen Ausgang auf die Straße; man konnte nur durch die anderen Gemächer hineingelangen.

Inschriften, die in gemalten Lettern auf Holztafeln prangten, zeigten die Bestimmung der verschiedenen Räume an. Über dem Nord-, West- und Ostzimmer las man: »Verwaltung«, »Gericht«, »Polizei«. Das Südzimmer trug keine Aufschrift, aber es wurde gemunkelt, daß es zum künftigen Gefängnis bestimmt sei.

Man sieht, der Kaw-djer traute nicht mehr blindlings der guten Aufführung seiner Gefährten; um seiner Autorität den nötigen Rückhalt zu verleihen, suchte er sie durch folgende drei Stützen: Gerechtigkeit, Gewalt und Strafe, zu befestigen. Seine lange und unfruchtbare Empörung hatte nun zur Folge, daß er jetzt mit doppelter Strenge seinen Geboten Geltung verschaffte, ohne die die menschliche Unvollkommenheit seit Anbeginn der Zeiten jede Zivilisation und jeden Fortschritt unmöglich gemacht haben würde.

Aber diese Räume, die Inschriften, die deren Verwendung anzeigten, waren nur ein Skelett der Administration; zu den Ämtern brauchte man Beamte. Der Kaw-djer ernannte sie ohne Zögern. Hartlepool wurde an die Spitze der Polizei gestellt, zu der vierzig mit besonderer Umsicht gewählte verheiratete Männer zugezogen worden waren. Den Vorsitz bei Gericht behielt sich der Kaw-djer natürlich vor, aber die laufenden Geschäfte wurden Ferdinand Beauval übertragen. Diese letzte Wahl setzte viele in Staunen. Aber sie war nicht die erste dieser Art. Wenige Tage vorher hatte der Kaw-djer eine mindestens ebenso merkwürdige getroffen.

Das Auszahlen des Tagelohnes und der Verkauf der Rationen bildeten jetzt eine ermüdende Arbeit. Der Austausch zwischen Arbeit und Lebensmitteln erforderte – trotzdem die Operation durch den Zwischenhändler »Geld« erleichtert wurde – eine genaue Verrechnung, die Verrechnung aber einen Verrechner. Zu diesem Amte hatte der Kaw-djer – John Rame ernannt, denselben, den ein zu fröhliches Leben um Gesundheit und Vermögen gebracht hatte. Welches Ziel hatte denn dieser arme Teufel ins Auge gefaßt, als er dem Unternehmen einer Kolonisation als Teilnehmer beitrat? Wahrscheinlich kannte er es selbst nicht und hatte sich nur von der Hoffnung leiten lassen, in irgendeinem fernen Wunderlande ein angenehmes Leben führen zu können. Die nüchterne Wirklichkeit hatte ihm die beiden Winter auf der Insel Hoste beschert, und es war fast ein Wunder zu nennen, daß seine geschwächte Natur sie überdauert hatte. Durch die Notwendigkeit gedrängt, hatte er, seitdem das neue Regime in Kraft bestand, vergeblich versucht, sich den Wegarbeitern zuzugesellen, welche die neue Straße bauten. Am Abend des ersten Tages war er so überanstrengt, gebrochen, todmüde, daß er auf diese Art Beschäftigung verzichten mußte. Seine weißen Hände hatte er an den Felsen ganz blutig gerissen. Überglücklich nahm er das Amt an, das ihm der Kaw-djer anbot und das seine unbedeutende Persönlichkeit ganz mit Beschlag belegte. Er blieb ganz unsichtbar, wurde eins mit seinen Ziffernkolonnen und verschwand in seinem Amte wie in einem Grab. Man sah und hörte nichts mehr von ihm.

Auch die schwächste Kraft in Diensten des Staates zu dessen Nutzen heranziehen zu können, ist vielleicht eine der Haupteigenschaften eines Menschenbeherrschers. Er kann nicht alles selbst leisten, das ist ein Ding der Unmöglichkeit, er muß sich notwendigerweise mit Mitarbeitern umgeben, und in der klugen Wahl dieser Mitarbeiter zeigt sich mit Sicherheit das Genie des Oberhauptes.

So merkwürdig die Wahl des Kaw-djer auch scheinen mochte, unter den Personen, die ihm zur Verfügung standen, hätte er keine bessere treffen können. Er hatte nur eines ins Auge gefaßt: zum Besten der Allgemeinheit von jedem die besten Leistungen zu erlangen. Nun war Beauval, trotz seiner gänzlichen Unfähigkeit in anderer Richtung, ein tüchtiger Advokat. Darum war er, besser als jeder andere, geeignet, den Lauf der Gerechtigkeit zu überwachen; der Kaw-djer war ja immer da, um eventuelle phantastische Seitensprünge rechtzeitig einzustellen.

John Rame war wohl der am wenigsten taugende Mensch in der Kolonie. Es war zu wundern, daß es der Kaw-djer verstanden hatte, in diesem energie- und willenlosen Schwächling wenigstens *eine* gute Seite ausfindig zu machen. Während sich die Organisation des hostelischen Staates in dieser Weise langsam ausbildete, entwickelte der Kaw-djer eine bewunderungswürdige Tätigkeit.

Er hatte Neudorf endgültig verlassen. Seine Instrumente, Bücher, Medikamente waren alle in das »Regierungsgebäude« – mit diesem Namen bezeichnete man schon das ehemalige Haus Doricks – geschafft worden. Dort schlief er auch täglich einige Stunden. Die übrige Zeit war er überall gleichzeitig. Er eiferte die Arbeiter an, half die Schwierigkeiten, in dem Maße, wie sie sich einstellten, aus dem Wege räumen und hielt mit Ruhe und Festigkeit die gute Eintracht und Ordnung aufrecht. Niemand würde gewagt haben, in seiner Gegenwart einen Streit zu beginnen; er brauchte sich nur zu zeigen, so ging die Arbeit rascher vonstatten, und die Muskeln lieferten ihr Maximum an Kraftleistung.

Von diesem armen Volke, das er einer besseren Zukunft zuzuführen unternommen hatte, ahnten selbstverständlich nur die allerwenigsten, welche Kämpfe sich vorher in seinem Inneren abgespielt hatten, und selbst wenn ihnen die Tatsache nicht unbekannt geblieben, waren sie viel zu wenig Seelenkenner, und es gebrach ihnen an der nötigen idealen Auffassung, um nur im entferntesten vermuten zu können, welche Verheerungen in dieser Männerbrust der Konflikt von Abstraktionen hervorgerufen hatte, die so ganz verschieden von ihren eigenen materiellen Sorgen waren. Aber wenn sie ihren Gouverneur aufmerksam anblickten, so konnten sie erkennen, daß ein geheimer Kummer ihn bedrückte. Der Kaw-djer war nie ein Mann vieler Worte gewesen – jetzt schien er wie versteinert. Sein unbewegliches Gesicht lächelte niemals, seine Lippen öffneten sich nur, um das Notwendigste zu sprechen und dies in möglichster Kürze. Er flößte den Kolonisten Furcht ein, sowohl wegen seines finsteren Aussehens als seiner herkulischen Kraft halber; man fürchtete ihn und – bewunderte gleichzeitig seinen Geist und seine Willenskraft, und man liebte ihn um der Güte willen, die sich unter der eisigen Außenseite verbarg, man verehrte ihn dankbar um der vielen Liebesdienste willen, die er ihnen erwiesen hatte und noch erweisen würde.

Die Vielseitigkeit der Beschäftigungen erschöpfte den Kaw-djer keineswegs; der Regent störte den Arzt nicht. Jeden Tag besuchte er seine Kranken und die beim letzten Aufstand Verwundeten. Er hatte übrigens täglich weniger zu tun. Unter der dreifachen Einwirkung der günstigeren Jahreszeit, der Arbeit und des Friedenszustandes besserten sich die Gesundheitsverhältnisse der Kolonie zusehends.

Unter allen Kranken und Verwundeten stand Halg seinem Herzen natürlich am nächsten. Er scheute kein Unwetter, keine Ermüdung, nach ihm zu sehen. Jeden Morgen und jeden Abend war er am Lager des jungen Indianers anzutreffen, das Graziella und deren Mutter nicht mehr verließen. Wie glücklich war er, als er eine fortschreitende Besserung konstatieren konnte. Bald hatte er die Sicherheit, daß die Lungenwunde zu vernarben begann. Am 15. November konnte Halg zum ersten Male das Lager verlassen, das ihn fast einen Monat lang gefesselt gehalten hatte.

An diesem Tage begab sich der Kaw-djer in das von der Familie Rhodes bewohnte Haus.

»Guten Morgen, Frau Rhodes! ... Guten Tag, Kinder!« sagte er beim Eintritt.

»Guten Tag, Kaw-djer«, tönte es zurück.

In dieser herzlichen Atmosphäre vergaß er seine gewöhnliche Kälte und Starrheit; Edward und Clary schmiegten sich an ihn, er küßte das Mädchen väterlich auf die Stirne und streichelte die Wange des jungen Mannes.

»Endlich kommen Sie wieder einmal, Kaw-djer«, sagte Frau Rhodes mit leisem Vorwurf; »ich wußte gar nicht mehr, ob Sie noch unter den Lebenden weilen.«

»Ich habe sehr viel zu tun gehabt, Frau Rhodes.«

»Ich weiß es, Kaw-djer, ich weiß«, sagte Frau Rhodes, »ich freue mich jetzt um so mehr, Sie wieder zu sehen ... Hoffentlich bringen Sie mir Nachricht von meinem Manne.«

»Ihr Mann ist verreist, Frau Rhodes. Mehr weiß ich auch nicht.«

»Vielen Dank für die Auskunft! ... Aber wann wird er zurückkommen?«

»Nicht so bald, Frau Rhodes. Ihr Witwentum wird nicht so schnell beendigt sein.«

Frau Rhodes seufzte traurig.

»Sie müssen deshalb nicht traurig sein, Frau Rhodes«, tröstete der Kaw-djer. – »Mit ein wenig Geduld wird alles wieder gut! ... Übrigens habe ich eine Beschäftigung für Sie bereit, das heißt, eine Ablenkung. Sie müssen die Wohnung wechseln, Frau Rhodes.«

»Wohnung wechseln?«

»Ja! ... Sie werden sich in Liberia niederlassen.«

»In Liberia ... Lieber Himmel, was soll ich denn dort?«

»Handel treiben, Frau Rhodes. Sie werden den bestgehendsten Verkaufsladen in Liberia besitzen, erstens – ein untrüglicher Beweis – weil kein zweiter existiert; zweitens, weil – wie ich sehr hoffe – Sie gute Geschäfte machen werden.«

»Verkaufsladen? ... Geschäfte machen? ...« fragte Frau Rhodes immer mehr erstaunt; »womit denn, Kaw-djer?«

»Mit den Waren Harry Rhodes'! Sie haben doch gewiß nicht vergessen, daß Sie einen prächtigen Warenvorrat besitzen? Jetzt ist der Moment gekommen, ihn zu verwerten.«

»Wie! ...« sagte Frau Rhodes zögernd. »Sie wollen, daß ich ... ganz allein ... ohne meinem Manne ...«

»Ihre Kinder werden Sie schon unterstützen«, unterbrach sie der Kaw-djer, »sie stehen in einem Alter, wo sie arbeiten können, und jetzt arbeitet alles in der Kolonie. Ich will keine Müßiggänger auf der Insel Hoste.«

Die Stimme des Kaw-djer hatte einen ernsteren Klang angenommen. Neben dem ratenden Freunde tauchte der befehlende Machthaber auf.

»Tullia Ceroni und ihre Tochter«, fuhr er fort, »werden Ihnen auch an die Hand gehen, sobald Halg wieder ganz gesund ist ... Sie haben kein Recht mehr, all diese nützlichen Gegenstände länger vorzuenthalten, die zum Besten der Kolonie Verwendung finden können.«

»Aber in diesen Waren steckt unser ganzes Vermögen«, bemerkte Frau Rhodes, welche sehr bewegt schien. »Was wird mein Mann dazu sagen, wenn ich auf diesem so schwankenden Boden all unser Hab und Gut aufs Spiel setze, in einem Lande, wo es mit der Sicherheit ...«

»Sehr gut bestellt ist«, fiel der Kaw-djer ein. »Sie dürfen mir glauben, Frau Rhodes: es gibt kein Land, wo für die Sicherheit besser gesorgt ist, mein Wort darauf.«

»Nun wohl, sagen Sie mir, was ich mit den Waren anfangen soll«, fragte Frau Rhodes.

»Sie werden dieselben verkaufen.«

»Wem?«

»Den Käufern natürlich.«

»Gibt es denn Käufer auf der Insel, und sind dieselben mit Geld versehen?«

»Zweifeln Sie daran? Sie wissen ja, daß jedermann bei der Abreise Geld besitzen mußte. Und jetzt verdient man auch Geld.«

»Wie, man verdient? ... Hier auf der Insel Hoste?«

»Gewiß. Wenn man für die Kolonie arbeitet,

welche die Leute anstellt und auch bezahlt.«

»So ist die Kolonie auch im Besitze von Geld? ... Das ist mir neu ... Das wußte ich nicht!«

»Die Kolonie besitzt nichts, aber sie verschafft sich Geld durch den Verkauf der Lebensmittel, die sie in Verwahrung hält. Das müssen Sie ja wissen, nachdem Sie Ihre Nahrung auch kaufen müssen!«

»Sie haben recht«, sagte Frau Rhodes. »Aber dabei handelt es sich doch nur um einen Tausch, wenn die Kolonisten das Geld, das sie durch ihre tägliche Arbeit verdienen, wieder auf ihre Ernährung verwenden müssen. Ich sehe nicht gut ein, wie sie dann neue Waren kaufen können.«

»Machen Sie sich deshalb keine Sorgen, Frau Rhodes. Ich habe die Preise bestimmt und es so eingerichtet, daß die Kolonisten kleine Ersparnisse machen können.«

»Und wer begleicht die Differenz?«

»Ich, Frau Rhodes.«

»Sind Sie so reich, Kaw-djer?«

»Es scheint so.«

Frau Rhodes betrachtete den Sprecher ganz verblüfft. Dieser schien es aber nicht zu bemerken.

»Ich erachte es als eine Sache von größter Wichtigkeit«, sagte er ernst, »daß der Verkaufsladen in kürzester Zeit eröffnet werde.«

»Wenn Sie meinen, Kaw-djer ...« Frau Rhodes sagte es ohne alle Begeisterung.

Fünf Tage später war der Wunsch des Kaw-djer verwirklicht.

Als am 20. November Karroly mit der Wel-kiej ankam, war der Bazar »Rhodes« schon in vollem

Betrieb.

Karroly war allein zurückgekommen und Harry Rhodes war in Punta-Arenas geblieben; etwas anderes wußte er auf die angstvollen Fragen der Frau Rhodes nicht zu erwidern, welche auch den Kaw-djer vergebens um Erklärungen bat. Dieser beruhigte sie nur und gab ihr die Versicherung, daß sie keinen Grund zur Besorgnis habe, aber sich mit Geduld bewaffnen müsse, da Harry Rhodes Abwesenheit noch einige Zeit in Anspruch nehmen werde.

Karroly war ganz begeistert von dem veränderten Aussehen der Kolonie. Was war alles seit einem Monat geschehen! Liberia war nicht wiederzuerkennen! Nur sehr wenige Häuser waren auf ihrem alten Platz stehengeblieben. Die Mehrzahl war jetzt um das Regierungsgebäude – wie alle es bezeichneten – gruppiert. Die vierzig zunächstgelegenen beherbergten die vierzig verheirateten Männer und deren Familien, welche die Polizei der Insel ausmachten und mit Gewehren versehen waren. Die acht noch vorhandenen Gewehre wurden in einem zwischen der Wohnung des Kaw-djer und Hartlepools gelegenem Raume niedergelegt und Tag und Nacht bewacht; die Pulvervorräte waren in dem in der Mitte des Regierungsgebäudes befindlichen Depot aufbewahrt, das keinen Ausgang auf den Platz aufwies.

Unweit davon stand der Bazar »Rhodes«, dieser gab Karroly Anlaß zu größtem Staunen. Keines der Geschäfte in Punta-Arenas – das war die einzige Stadt, die er kannte – übertraf ihn in seinen Augen an Prächtigkeit. – Im Osten und Westen schritt die Arbeit munter vorwärts. Dort, wo die letzten Häuser erstehen sollten, planierte man den Boden, und überall, wohin der Blick reichte, war man tätig. Auch andere Häuser, teils aus Holz, teils aus Stein, wuchsen aus dem Boden.

Zwischen den nach einem bestimmten Plan, der keiner individuellen Phantasie Spielraum ließ, errichteten Häusern kreuzten sich gerade verlaufende Straßen in rechten Winkeln; sie waren so breit angelegt, daß sich vier Wagen bequem begegnen konnten. Zwar waren sie noch ziemlich uneben und weich, aber durch die häufige Benutzung härtete sich der Boden von Tag zu Tag.

Die Straße, die Liberia mit Neudorf verbinden sollte, war schon über das Sumpfland geführt und hatte das Flußufer erreicht, an welchem mächtige Steinhaufen lagen, denn es sollte statt des leichten Holzsteges eine dauerhafte steinerne Brücke geschaffen werden.

Neudorf war jetzt fast ganz verlassen. Außer vier Matrosen des »Jonathan« und drei anderen Kolonisten, welche sich auf den Fischfang verlegt hatten, waren alle ehemaligen Bewohner nach Liberia gezogen, wo sie ihre Beschäftigungen erwarteten. Neudorf wurde somit ein ausschließlicher Fischerhafen, die Boote fuhren jeden Morgen hinaus ins Meer, um spät abends mit Fischen beladen heimzukehren, die leicht Abnehmer fanden.

Aber trotzdem die Einwohnerzahl Neudorfs sich bedeutend verringert hatte, wurde keines seiner Häuser abgebrochen. Der Kaw-djer wollte es nicht. So stand auch noch Karrolys Behausung, und groß war die Freude des Indianers, Halg fast geheilt darin anzutreffen.

Einen schweren Kummer bildete für ihn die Abwesenheit des Kaw-djer, dessen neuer Wirkungskreis die langjährigen Hausgenossen auf immer trennte. Es war vorbei, das gemeinsame Leben so vieler Jahre! ... Wie verändert er war! ... Als er den treuen Indianer fortschickte, hatte kaum ein Lächeln seine Züge erhellt, kaum hatte er für wenige Minuten seine fieberhafte Tätigkeit unterbrochen.

An diesem Tage – wie an allen anderen – nachdem der Kaw-djer die Morgenstunden dazu verwendet hatte, die laufenden Geschäfte zu erledigen, untersuchte er die Lage der Kolonie in bezug auf den finanziellen Standpunkt sowohl als mit Rücksicht auf die noch zur Verfügung stehenden Lebensmittel, dann ging er zu der neuen Straße.

Er kam gerade zur Ruhepause. Spitzhacken und Spaten ruhten, die meisten der Wegarbeiter lagen auf der Erde und schlummerten ein wenig; andere kauten langsam an ihrer Ration und wechselten wenige nichtssagende Worte. Als der Kaw-djer vorbeikam, richteten sich die Leute aus ihrer bequemen Lage auf, die Gespräche verstummten und alle lüfteten ihre Mützen, indem sie diese Bewegung mit freundlichem Gruß begleiteten.

»Guten Tag, Gouverneur«, sagte einer nach dem anderen dieser rauhen Männer.

Ohne sich aufzuhalten, grüßte der Kaw-djer mit der Hand.

Schon hatte er die Hälfte des Weges zurückgelegt, als er unweit des Flusses eine Menschengruppe bemerkte, vielleicht hundert Personen, darunter einige Frauen. Er beschleunigte den Schritt und war mehr als erstaunt, als plötzlich die Klänge einer Geige an sein Ohr trafen.

Eine Geige? ... Es war das erste Mal, daß seit dem Tode Fritz Groß' Geigenklänge über die Insel Hoste zogen!

Er schloß sich den Leuten an, deren Reihen sich vor ihm sogleich öffneten. In der Mitte standen zwei Kinder. Einer der beiden spielte, ziemlich linkisch übrigens. Während dieser Zeit stellte der andere aus Weidenruten geflochtene Körbe auf den Boden nieder, die mit Feldblumensträußen gefüllt waren: Kreuzwurz, Heidekraut und Stechpalmenzweige waren darin zu sehen.

Dick und Sand! ... Der Kaw-djer hatte sie ganz vergessen in dieser Umwandlung, die mit seinem Leben vorgefallen war. Warum hätte er sich mit den beiden auch mehr beschäftigen sollen als mit den anderen Kindern der Kolonie? Sie hatten ja auch ihre Familie – in der Person des braven Hartlepool. Aber der kleine Sand hatte seine Zeit nicht verloren! Erst drei Monate waren verflossen, seit er die Geige des verstorbenen Fritz Groß geerbt hatte, und er mußte staunenswerte musikalische Anlagen haben, um ohne Lehrer, ohne Ratschläge in so kurzer Zeit solche Fortschritte gemacht zu haben. Natürlich war er noch kein Virtuose, auch war keine Veranlassung vorhanden, zur Annahme, daß er jemals sich dazu ausbilden werde, die Anfangsgründe der Technik mußten ihm immer fehlen – aber er spielte mit großer Sicherheit und fand – ohne daß er danach zu suchen schien – einfach und doch sinnreiche und reizende Melodien, die er durch Modulationen von unglaublicher Kühnheit aneinanderreihte.

Die Geige verstummte und Dick, welcher seine Körbchen aufgestellt hatte, nahm das Wort:

»Ehrenwerte Hostelianer!« begann er mit komischer Emphase, indem er seine zarte Gestalt hoch aufrichtete. »Mein Gefährte, welcher mit der Leitung der künstlerischen und musikalischen Seite unseres gemeinsamen Unternehmens, der Firma ›Dick und Komp.‹ betraut ist, der berühmte Maestro Sand, Kammervirtuose Seiner Majestät des Königs von Kap Hoorn und anderer Orte, legt den hohen Herrschaften seinen besten Dank zu Füßen für die ehrende Aufmerksamkeit, die man ihm hat zuteil werden lassen« ...

Dick seufzte nach dieser Anstrengung tief, schöpfte neu Atem und fuhr mit frischem Eifer fort:

»Das Konzert, ehrenwerte Hostelianer, ist für jedermann gratis; nicht so verhält es sich mit unseren anderen Waren, welche, wic ich zu behaupten wage, womöglich noch wunderbarer und vor allem dauerhafter sind. Die Firma ›Dick und Komp.‹ bringt heute Blumensträuße und Körbe zum Verkauf. Die letzteren sind von größtem Nutzen, wenn man auf den Markt einkaufen geht – bis es auf der Insel Hoste einen Markt geben wird! Ein Strauß kostet einen Cent* ... Ein Korb – einen Cent ... Kauft! Ehrenwerte Hostelianer! Bitte, laßt das Geld springen!« ...

Mit diesen Worten ging Dick im Kreise herum und bot seine Waren an, während die Geige, um

*Ungefähr fünf Heller.

den Enthusiasmus und die Kauflust zu erregen, wieder ihre schönsten Weisen begann.

Die Zuschauer lachten, und aus ihren Bemerkungen schloß der Kaw-djer, daß sie nicht zum ersten Mal einer Szene dieser Art beiwohnten. Wahrscheinlich hatten es sich Dick und Sand zur Gewohnheit gemacht, die Arbeitsplätze zur Zeit der Ruhepause aufzusuchen und dort ihre eigenartigen Handelsgeschäfte abzuschließen. Er wunderte sich nur, sie noch niemals gesehen zu haben.

Währenddessen hatte Dick im Handumdrehen für seine Blumen und Körbe Käufer gefunden.

»Es bleibt nur ein einziger Korb übrig, meine Damen und Herren«, verkündete er; »der schönste von allen! Zwei Cents, meine Herrschaften, für den schönsten und letzten Korb!«

Eine Hausfrau gab ihm die verlangten zwei Cents.

»Vielen Dank, meine Herren und Damen! Acht Cents! ... Ein Vermögen!« ... schrie Dick und verfiel in einen Tanzschritt.

Aber der Tanz fand ein ebenso rasches als unerwartetes Ende. Der Kaw-djer hatte den tanzenden Dick beim Ohr erwischt.

»Was soll denn das heißen?« fragte er strenge.

Durch einen verstohlenen Blick suchte sich der Knabe über die wahre Gesinnung des Kaw-djer klar zu werden; die Prüfung schien ihn zu befriedigen, denn er antwortete sehr würdevoll mit größtem Ernste:

»Wir arbeiten, Gouverneur!«

»So, das nennst du arbeiten?« rief der Kaw-djer, indem er seinen Gefangenen freiließ.

Dieser drehte sich ganz herum und sah dem Kaw-djer fest in die Augen:

»Wir haben uns etabliert«, sagte er mit unglaublichem Aplomb und warf sich in die Brust; »Sand spielt die Geige und ich bin Blumenhändler und Korbflechter... Manchesmal tun wir Botengänge... oder verkaufen Muscheln... Ich kann auch tanzen... und weiß einige Kunststücke... Das ist ja auch ein Beruf, Gouverneur.«

Ob er wollte oder nicht, der Kaw-djer mußte lachen.

»So«, sagte er, »aber wozu braucht ihr denn Geld?«

»Das bekommt Ihr Schatzmeister, Herr John Rame, Gouverneur!«

»Was?«... rief der Kaw-djer, »John Rame nimmt euch euer Geld ab?«

»Er nimmt es uns nicht, Gouverneur«, erwiderte Dick, »aber wie müssen es ihm geben, sonst haben wir nichts zu essen.«

Der Kaw-djer war einen Augenblick sprachlos, dann wiederholte er:

»Nichts zu essen... Ihr bezahlt eure Nahrung?... Ja, wohnt Ihr denn nicht mehr bei Hartlepool?«

»Ja, Gouverneur, aber das ändert nichts an der Sache!«

Dick blies seine Wangen auf, dann ahmte er den Kaw-djer selbst nach mit einer Treue, daß man hätte irregeführt werden können:

»Die Arbeit ist ein Gebot!« Er brachte die wenigen Worte mit unbezahlbarem Ausdruck vor.

Sollte der Kaw-djer lachen oder sich ärgern?...

Er entschied sich fürs Lachen. Es blieb ihm schlechterdings kein anderer Ausweg, denn es lag Dick ferne, Spott treiben zu wollen. Warum sollte er diese Kinder tadeln, die darauf bedacht waren, sich »durchzubringen«, während so viele Erwachsene diese Sorge gerne anderen überlassen hätten.

Er fragte:

»Bringt euch denn die ›Arbeit‹ genug für euren Lebensunterhalt ein?«

»Natürlich«, erklärte Dick mit wichtiger Miene. »Wir verdienen zwölf, manchmal sogar fünfzehn Cents täglich, Gouverneur! – Damit kann ein Mann schon sein Auskommen finden!«

Ein Mann! ... Die Umstehenden brachen in lautes Lachen aus. Dick sah beleidigt auf die Lacher.

»Was gibt es denn da zu lachen? ... Dummköpfe!« murmelte er zwischen den Zähnen und sah sehr geärgert aus.

Der Kaw-djer brachte wieder die Rede auf seine Arbeitsleistung:

»Fünfzehn Cents ist in der Tat eine ganz hübsche Summe«, sagte er anerkennend; »ihr würdet aber mehr verdienen, wenn ihr den Maurern oder den Wegarbeitern helfen würdet.«

»Das ist unmöglich, Gouverneur«, sagte Dick lebhaft.

»Warum unmöglich?« fragte der Kaw-djer.

»Sand ist zu klein; er ist auch nicht kräftig genug«, erklärte Dick, dessen Stimme zärtliche Sorge verriet, wobei es aber wie ein Schatten der Verachtung durchklang.

»Nun, und du?«

»O ... ich!«

Den Ausdruck mußte man gehört haben! Er, er war stark genug, selbstverständlich. Daran zweifeln, hieße ihn beleidigen.

»Nun?« ...

»Ich weiß nicht recht ...« stammelte Dick ganz traumverloren. »Es sagt mir nicht zu« ...

Dann brach es von seinen Lippen:

»Ich, Gouverneur, ich liebe die Ungebundenheit zu sehr!« ...

Der Kaw-djer betrachtete mit Interesse diesen kleinen Mann, der barhaupt, mit vom Winde zerzausten Haaren vor ihm stand, aufrecht, ohne die glänzenden Augen zu Boden zu schlagen. Er erkannte sich in dieser groß angelegten, aber überschwenglichen Kindesseele wieder. Auch er hatte über alles die Freiheit geliebt, auch er hatte ungeduldig jede Einschränkung abzuschütteln versucht, und der Zwang war ihm schließlich so hassenswert geworden, daß er seinen Haß auf die ganze Menschheit übertragen hatte. Die Erfahrung hatte ihn über seinen Irrtum belehrt, indem sie ihm den Beweis lieferte, daß die Menschen durchaus nicht von einem unstillbaren Durste nach Freiheit erfüllt sind, wie er geglaubt hatte, daß sie im Gegenteil ein Joch, das sie erst zum Bewußtsein des rechten Lebens bringt, lieben, und daß es für große wie für kleine Kinder oft gut ist, wenn ein höherer Wille sie beeinflußt.

Er erwiderte:

»Die Freiheit muß man sich erst erobern, mein Kind, indem man sich den anderen und sich selbst nützlich zu machen sucht, und um dies durchführen zu können, muß man mit dem Gehorchen anfangen. Ihr werdet jetzt in meinem Auftrage zu Hartlepool gehen und ihm sagen: ich wünsche, daß er euch nach eueren Kräften und Fähigkeiten eine Beschäftigung zuweist. Ich werde übrigens Sorge tragen, daß Sand seine musikalischen Studien weiter betreiben kann. Geht, Kinder!«

Dieser Vorfall lenkte die Gedanken des Kawdjer auf ein Gebiet, das sehr zu beachten war. In der Kolonie wimmelte es von Kindern. Unbeschäftigt, der Aufsicht ihrer Eltern entzogen, lungerten sie von früh bis abends überall herum. Um ein Volk zu bilden, zu gründen, mußte man schon jetzt für künftige Generationen vorarbeiten, die das Erbe der jetzt Lebenden antreten würden. Die Notwendigkeit der Errichtung einer Schule wurde ihm klar und sie mußte bald geschaffen werden.

Aber wer kann alles gleichzeitig vollbringen! So wichtig die Lösung dieser Frage war, er mußte sie bis zu seiner Rückkehr von einer Wanderung, die er durch das Innere der Insel zu unternehmen gedachte, aufschieben. Seitdem er die Lasten seines Amtes auf sich genommen hatte, war diese Inspektionsreise von ihm ins Auge gefaßt worden, aber wichtigere Geschäfte hatten den Tag der Ausführung des Projektes immer wieder hinausgeschoben. Jetzt konnte er sich für einige Zeit entfernen, ohne sich einer Unvorsichtigkeit schuldig zu machen. Die Maschine hatte den nötigen Impuls bekommen und konnte schon einige Zeit allein in Gang bleiben.

Zwei Tage nach Karrolys Rückkehr wollte er endlich fortgehen, als ein Zwischenfall ihn wieder zum Bleiben nötigte. Eines Morgens drang ein heftiger Wortwechsel an sein Ohr. Er eilte nach der Richtung der streitenden Stimmen; da erblickte er ungefähr hundert Frauen, welche vor einer aus starken Bohlen errichteten Barriere, die den Weg versperrte, laut zankten. Der Kaw-djer konnte nicht gleich verstehen, worum es sich handelte. Diese Barriere grenzte die Behausung Pattersons ab, aber es schien ihm, als wäre sie weiter vorgeschoben worden, seitdem er sie zum letzten Mal gesehen.

Er wurde bald von allem in Kenntnis gesetzt. Patterson, welcher sich seit dem Frühling mit Gemüsekulturen beschäftigte, hatte sein Mühen mit Erfolg belohnt gesehen. Der unermüdliche Arbeiter hatte eine reiche Ernte erzielt, und seit dem Sturze Beauvals bezogen die Bewohner von Liberia bei ihm ihren Bedarf an frischen Gemüsen.

Er dankte seinen Erfolg größtenteils dem günstigen Platz, den er ausgewählt hatte. Sein Haus lag am Ufer des Flusses; Wasser und Feuchtigkeit gab es da im Überfluß. Und diese bevorzugte Lage war Ursache der gegenwärtigen Aufregung.

Die Kulturen Pattersons, die sich in einer Länge von zwei- bis dreihundert Metern erstreckten, breiteten sich über die einzige Stelle aus, wo der Fluß in der nächsten Nähe Liberias zugänglich war. Stromabwärts zog sich längs des rechten Ufers ein Sumpf hin, welcher nicht passierbar war und den Zugang zum Flusse untersagte bis hinauf zur Brücke, die fünfzehnhundert Meter davon entfernt im Westen lag. Stromaufwärts stieg das Ufer steil und hoch aus dem reißenden Flusse auf.

Die Hausfrauen von Liberia mußten daher immer durch Pattersons Garten gehen, um zum Flusse zu gelangen, wo sie das für ihren Bedarf nötige Wasser holten. Deshalb hatte der Eigentümer des Gartens bis jetzt in der Umzäunung, die seinen Besitz umgrenzte, einen Durchgang gelassen. Aber schließlich hatte er überlegt, daß diese ununterbrochene Benützung seines Eigentums seinen Rechten zuwiderlief und ihm vielfachen Schaden verursachte. Während der letzten Nacht hatte er daher mit Hilfe Longs den Eingang fest verrammelt, und das war der Grund zur Enttäuschung und dem Zorn der Hausfrauen, welche am frühen Morgen Wasser holen wollten.

Als der Kaw-djer erschien, beruhigten sich die Gemüter, und der Fall wurde ihm vorgelegt. Er hörte erst alle Gründe für und wider geduldig an, dann sprach er das Urteil. Zur allgemeinen Überraschung fiel es zugunsten Pattersons aus.

Der Kaw-djer bestimmte nämlich, daß die Schranken augenblicklich fallen und ein Weg von zwanzig Meter Breite für den allgemeinen Verkehr freigelassen werden müßte; aber er erkannte auch die Rechte Pattersons an und erklärte, daß dieser für jenen Teil seines Gartens, den er im Interesse der Allgemeinheit abtrat, schadlos gehalten werden müsse.

Die Höhe der Entschädigungssumme sollte in aller Form bestimmt werden. Es gab ja Richter auf der Insel Hoste. Patterson sollte sich an diese wenden.

Die Angelegenheit wurde noch am selben Tage verhandelt; es war das erste Rechtsverfahren, das Beauval leitete. Nach längerer Debatte verurteilte er den hostelischen Staat zu einer Entschädigungssumme in der Höhe von fünfzig Dollar. Diese Summe wurde dem Irländer sofort eingehändigt, welcher seine lebhafte Befriedigung nicht zu verbergen suchte.

Der Vorfall wurde verschieden beurteilt; im allgemeinen war man zufrieden mit der Lösung der Streitfrage. Man hatte das Gefühl, als ob von nun an niemand mehr übervorteilt oder seines Eigentumes beraubt werden könne, und das allgemeine Vertrauen wuchs. Das hatte der Kaw-djer gewollt.

Nun konnte er endlich seine längst geplante Reise antreten. Drei Wochen lang durchstreifte er die Insel nach allen Richtungen hin bis zu ihren nordwestlichen Ausläufern, bis zu ihren östlichsten Halbinseln Dumas und Pasteur. Er besuchte der Reihe nach, ohne eine zu umgehen, alle Niederlassungen, sowohl die im Laufe des letzten Winters freiwillig verlassenen als diejenigen, deren Besitzer bei Ausbruch der Meuterei von der Bande der Plünderer vertrieben worden waren.

Diese Untersuchung hatte das Schlußergebnis zur Folge, daß einhunderteinundsechzig Kolonisten, welche zweiundvierzig Familien bildeten, noch im Inneren der Insel lebten. Diese zweiundvierzig Familien hatten alle ihre Unternehmungen mit Erfolg gekrönt gesehen, allerdings in verschiedenem Grade. Die einen mußten froh sein, wenn sie sich das tägliche Brot erarbeiteten, während andere, welche über mehr kräftige Männerarme verfügten, ihre Felder hatten bedeutend vergrößern können.

Die Niederlassungen der achtundzwanzig Familien, die aus hundertundsiebzehn Kolonisten bestanden, welche zur Zeit der Unruhen zur Flucht gezwungen worden waren, waren jetzt in einer sehr traurigen Verfassung, mußten aber vor diesem Zeitpunkt zu den schönsten Hoffnungen berechtigt haben.

Einhundertsiebenundneunzig Versuche der Kultivierung des Landes waren ganz gescheitert. Etwa vierzig dieser vom Unglück verfolgten Unternehmer waren gestorben, und die übrigen hatten, einer nach dem anderen, während des Winters an der Küste Zuflucht gesucht.

An Berichten über alle Geschehnisse fehlte es dem Kaw-djer nicht; die Kolonisten setzten großen Eifer daran, ihn von allem Vorgefallenen in Kenntnis zu setzen. Allgemein war der Enthusiasmus, als sie von der neuen Organisation der Kolonie Kunde erhielten, und er wuchs noch an, als der Kaw-djer von seinen weiteren Plänen sprach. Als er Abschied genommen hatte, nahm man, von neuer Hoffnung belebt, die Arbeit mit zehnfachem Eifer auf.

Alles, was der Kaw-djer sah und hörte, merkte er sich wohl; gleichzeitig machte er einen großzügigen Plan von den verschiedenen Niederlassungen und ihrer gegenseitigen Lage.

Diese Dokumente benützte er gleich nach seiner Rückkehr, um eine Karte der Insel zu zeichnen, die in geographischer Hinsicht nur annähernd richtig, aber von einer mehr als genügenden Genauigkeit in bezug auf die Felder war, die aneinandergrenzten; dann verteilte er die Hälfte der Insel unter einhundertfünfundsechzig Familien, welche er auswählte, und stellte ihnen regelrechte Konzessionen aus.

Indem er dem Besitze diese solide Basis gab, vollzog sich eine förmliche Revolution. Die Herrschaft des Zufalles ersetzte er durch Gesetzmäßigkeit; den Besitz von Ländereien sicherte er durch ein unantastbares Beweisstück.

Darum wurden auch diese Schriftstücke von den damit Beteilten mit ebenso großer Genugtuung in Empfang genommen als die Felder selbst, zu deren Besitz sie berechtigten. Bisher hatten sie immer in einem Gefühl der Unsicherheit ihre Tage verbracht; nie wußten sie, was der künftige Morgen bringen würde. Diese Papiere änderten alles. Dieses Stück Land gehörte ihnen. Sie konnten es ihren Kindern hinterlassen. Jetzt erst bekamen sie ein stabiles Heim, faßten sie Wurzel auf der Insel, wurden wirkliche Kolonisten – echte Hostelianer!

Der Kaw-djer bestätigte auch die Rechte jener zweiundvierzig Familien, welche der Scholle treu geblieben waren und bewog die achtundzwanzig anderen, die seinerzeit ausgeplündert worden und nach Liberia geflohen waren, auf ihren verlassenen Grund und Boden zurückzukehren und sich aufs neue – diesmal unter besseren Auspizien – dort seßhaft zu machen. Dann wählte er noch aus den übrigen fünfundneunzig Familien aus, welche ihm der Teilnahme und Hilfe würdig schienen, um die anderen kümmerte er sich nicht.

Das war bloße Willkür – und nicht die einzige. Schon bei Verteilung der Konzessionen hatte die Gleichheit wenig zu suchen, auch bei der Ausdehnung der einzelnen Teilgebiete kam sie schlecht weg. Den einen ließ der Kaw-djer genau dasselbe Besitztum, das sie einst gehabt hatten, jenen schmälerte er das frühere Eigentum, um damit andere Unternehmer zu bereichern. In allen Bestimmungen verfolgte er nur ein bestimmtes Ziel: das Wohl und Gedeihen der Kolonie. Denjenigen, welche am meisten Geschick, Kraft und Ausdauer bewiesen hatten, wurden die größten Konzessionen zuteil. Gar nichts erhielten jene Emigranten, von deren Unfähigkeit er überzeugt war, und diese verurteilte er, bis zu ihrem Lebensende Proletarier und Tagelöhner zu sein.

Der Tagelohn mußte notwendigerweise auf der Insel Hoste aufkommen. Einige Besitze – zum Beispiel derjenige der vier benachbarten Familien, zu denen Germain Rivière zählte – erfreuten sich einer so großen Ausdehnung und eines so herrlichen Bestandes, daß sie Hunderten von Arbeitern hätten Beschäftigung bieten können. Wer die Arbeit auf freiem Felde der Arbeit in der Stadt vorzog, fand daher deren übergenug.

Zum zweiten Male entvölkerte sich Liberia. Kaum hatte ein Kolonist seine Konzession in Händen, als er mit den Seinigen fortzog, mit Lebensmitteln wohl versehen, die später – der Kaw-djer hatte es versichert – erneuert werden sollten. Einige, die bei der Verteilung leer ausgegangen waren, folgten in die Einsamkeit nach, um ihnen ihre Dienste zur Verfügung zu stellen.

Am 10. Januar war die Bevölkerung auf ungefähr vierhundert Einwohner zusammengeschrumpft, worunter zweihundertundfünfzig arbeitsfähige Männer waren. Alle übrigen (nicht ganz sechshundert, Frauen und Kinder mit eingerechnet) waren jetzt im Inneren der Insel verstreut. Wie der Kaw-djer gelegentlich seiner Reise konstatieren konnte, erreichte die Bevölkerungszahl nicht mehr die Ziffer eintausend. Die anderen waren gestorben, fast zweihundert während des letzten Winters.

Noch einige Hekatomben dieser Art – und die Insel Hoste würde ganz menschenleer und bald eine Wüstenei sein.

Die Arbeiten in der Stadt schritten jetzt viel langsamer vor, da der Mangel an Arbeitskräften sehr fühlbar war. Den Kaw-djer ließ aber dieser Umstand sehr ruhig. Bald verstand man den Grund seiner Sorglosigkeit. Wenige Tage später, am 17. Januar, ging ein großes Dampfschiff von zweitausend Tonnen bei Neudorf vor Anker. Gleich am folgenden Tage wurde mit der Ausschiffung seiner Ladung begonnen, und die Liberier sahen voll Staunen unfaßbare Reichtümer ans Land bringen. Zunächst Haustiere, Schafe, Pferde und selbst zwei Schäferhunde. Dann landwirtschaftliche Geräte: Pflüge, Eggen, Mäh- und Dreschmaschinen; viele Gattungen Samen; Lebensmittel in reicher Fülle, Wagen und Karren; Metalle: Blei, Eisen, Stahl, Zink, Zinn usw.; kleine Werkzeuge: Hämmer, Sägen, Meißel, Feilen und tausend andere; kleine Handmaschinen, Bohrer, Drehscheiben für Holz und Metall und viele, viele andere Dinge.

Der Dampfer brachte aber nicht nur diese Gegenstände. Zweihundert Männer hatte er auch an Bord, zur Hälfte Dammarbeiter, die übrigen hundert waren Bauleute. Als die Ladung ausgeschifft war, gesellten sich diese zu den Kolonisten und jetzt, da sich vierhundertundfünfzig kräftige Arme an der Arbeit beteiligten, ging sie rasch vonstatten.

In wenigen Tagen war die Straße nach Neudorf fertig. Während ein Teil der Maurer sich mit der Herstellung der Brücke beschäftigte, ging der andere Teil daran, eine zweite Straße in das Innere der Insel zu legen, von der sich zahlreiche Seitenwege zu den einzelnen Niederlassungen abzweigen sollten, um das pulsierende Leben ins Herz der Insel zu tragen; diese Straßen sollten die Arterien und Venen dieses großen, bisher untätigen, gefühllosen Körpers werden.

Die Liberier standen noch nicht am Ende ihrer Überraschungen. Am 30. Januar näherte sich ein zweiter Dampfer der Insel. Er kam von Buenos-Aires und barg in seinem Inneren außer den schon angeführten nützlichen Dingen eine große Sendung, die für den Bazar »Rhodes« bestimmt war. Da war alles vorhanden, was nur erdenkbar war, bis zu den kleinsten Kleinigkeiten: Federn, Spitzen, Bänder, mit denen sich jetzt die Hostelianerinnen schmücken konnten, damit auch die Eitelkeit auf ihre Rechnung käme.

Und auch dieses Schiff hatte zweihundert neue Arbeitskräfte mitgebracht, und weitere zweihundert schiffte ein am 15. Februar ankommendes Fahrzeug aus. Von diesem Tage an verfügte man über mehr als achthundert Arme. Der Kaw-djer hielt diese Anzahl für genügend, um den Anfang zu einem großen Projekt zu machen. Westlich der Flußmündung wurden die Grundsteine zu einem Damm gelegt, der in der nächsten Zukunft die

Bucht von Neudorf in einen großen, sicheren Hafen verwandeln sollte.

So bauten sich nach und nach, durch die eifrige Betätigung dieser Hunderte von Armen, die von *einem* Willen gelenkt wurden, die Häuser auf, der Ort vergrößerte sich, belebte sich, vervollkommnete sich in jeder Hinsicht.

So war nach und nach aus dem Nichts eine Stadt geworden.

Drittes Kapitel

Das Attentat

»So kann das nicht fortgehen!« schrie Lewis Dorick, welchem seine Gefährten lebhaft beistimmten.

Ihre Tagesarbeit war getan und sie lustwandelten nun, vier Mann hoch, Dorick, die beiden Brüder Moore und Sirdey, im Süden Liberias auf den Abhängen jener Hügel, die sich von der mittleren Bergkette der Halbinsel Hardy loslösen, um sich später im Meer zu verlieren, wo sie das Knochengerippe der Ostspitze bilden.

»Nein, so geht das nicht weiter!« wiederholte Lewis Dorick in gesteigerter Erregung. »Wir sind keine Männer, wenn wir uns dies alles gefallen lassen! Diesem Wildling, welcher uns nach Belieben Gesetze vorschreibt, muß der Kopf zurechtgesetzt werden!«

»Er behandelt uns ja wie Hunde!« beteuerte Sirdey. »Man ist weniger als nichts. – Tun Sie dies ... Und jetzt machen Sie das! ... So heißt's immer und dabei hält er es nicht einmal der Mühe wert, einen anzusehen ... Vielleicht ist man dieser Rothaut nicht schön genug!« ...

»Mit welchem Recht kommandiert er hier herum?« fragte Dorick zähneknirschend. »Wer hat ihn zum Gouverneur gewählt?«

»Ich nicht«, sprach Sirdey.

»Ich auch nicht«, sagte Fred Moore.

»Auch ich nicht«, ließ sich sein Bruder William hören.

»Weder ihr noch überhaupt jemand hat ihn gewählt!« brach Dorick los. »Dumm ist er nicht, der Kerl! ... Der hat nicht gewartet, bis man ihm die Würde angeboten hat ... Er hat sie sich einfach selbst genommen!« ...

»Das ist ungesetzlich!« protestierte Fred Moore in dozierendem Ton.

»Ungesetzlich? ... Danach fragt er einen Pfifferling!« entgegnete Dorick. »Warum sollte er auch lange Umstände machen mit einer Herde von Schafen, die geduldig den Rücken hinhalten, daß man sie scheren möge! ... Hat er uns um Rat gefragt, wie er die Ländereien verteilt hat? Früher waren alle gleich begütert. Jetzt gibt es auf der Insel Arme und Reiche.«

»Und wir sind die Armen«, konstatierte Sirdey ganz schwermütig. »Vor drei Tagen«, fügte er entrüstet hinzu, »hat er mir angekündigt, daß ich von jetzt an für mein Tagewerk um zehn Cents weniger bekommen werde.«

»Kurz und bündig? ... Ohne Gründe anzuführen?«

»Oh ja. Er behauptet, daß ich nicht genug arbeite ... Ich mache immer noch so viel wie er, der von früh bis abends spazieren geht und die Hände müßig in die Taschen steckt ... Zehn Cents Abzug bei einem Tagelohn von einem halben Dollar! ... Wenn er glaubt, mich zu den Hafenarbeiten pressen zu können, kann er lange warten!« ...

»Dann gehst du einfach an Hunger elend zugrunde!« erklärte ihm Dorick mit eisigem Ton.

»Teufel!« ... fluchte Sirdey und ballte die Fäuste.

»Mit mir«, sagte William Moore, »ist er vor vier Tagen übers Kreuz gekommen. Der gnädige Herr fand, daß ich mit John Rame, seinem Vorratswächter nicht höflich genug gewesen sei. Es scheint, daß ich den Herrn gestört habe ... Wenn ihr ihn nur gesehen hättet! ... Ganz ›Majestät‹! ... Da muß man sein elendes Essen selbst zahlen und soll sich dafür noch zehnmal bedanken.«

»Mich hat er letzte Woche hergenommen«, fiel Fred Moore ein, »unter dem Vorwand, ich hätte mich mit einem Kameraden geschlagen! ... Ja, hat man denn jetzt nicht einmal mehr das Recht, sich in aller Freundschaft zu prügeln? ... Er ist mich direkt angegangen ... und wie! ... Um ein Haar wäre ich dagelegen!« ...

»Als ob wir seine Diener wären!« schloß Sirdey.

»Nein, seine Sklaven!« murrte William Moore.

Dieses Thema behandelten sie an diesem Abend mindestens zum hundertsten Male. Es war fast ihr ausschließlicher täglicher Gesprächsstoff.

Als der Kaw-djer das Gebot der Arbeit erst verkündete, dann in Anwendung brachte, hatte er natürlich verschiedene persönliche Interessen verletzt; vor allem hatte diese Wendung der Dinge die Trägen sehr empört, welche lieber in süßem Nichtstun auf Kosten anderer gelebt haben würden. Das war für sie eine Quelle großer Erbitterung und des Hasses auf den Kaw-djer.

Um Dorick scharten sich alle Unzufriedenen. Aber vergeblich hatte er samt Gefolge versucht, die früheren Gewohnheiten wiederaufzunehmen. Die ehemaligen Opfer, welche sich stets so fügsam gezeigt hatten, waren zum Bewußtsein ihrer Rechte und Pflichten gekommen, und die Gewißheit, im Bedarfsfalle einen Beschützer zu haben, hatte diesen Lämmern Krallen wachsen lassen. Nach mehreren mißglückten Einschüchterungsversuchen sahen sich die Freibeuter doch gezwungen, zur Arbeit ihre Zuflucht zu nehmen, um ihr Leben zu fristen.

Aber sie taten es zähneknirschend und ergingen sich in Verwünschungen, was sie erleichterte und gleichzeitig ihre wachsende Empörung nährte.

Bisher wurde alles mit Worten abgetan. Aber an diesem Abend nahm das Gespräch eine andere, ernstere Wendung. Die hundert Mal vorgebrachten Klagen sollten sich in Taten verwandeln, der lange verborgene, im Inneren kochende Zorn sollte zu gewichtigen Entschlüssen führen.

Dorick hatte seine Gefährten angehört, ohne sie zu unterbrechen. Diese hatten sich nach ihm umgewandt und blickten ihn an, als ob sie ihn als Zeugen anrufen und seinen Beifall hören wollten.

»Das alles sind eben – Worte«, sagte er mit

schneidender Stimme. »Ihr seid Sklavenseelen und verdient nichts Besseres, als geknechtet zu werden. Wenn ihr das Herz auf dem rechten Fleck hättet, wäret ihr schon längst frei! Ihr seid tausend und ertragt geduldig die Tyrannei eines einzelnen.«

»Was können wir denn tun?« fragte Sirdey kläglich. »Er ist der Stärkere.«

»Unsinn!« entgegnete Dorick. »Seine Stärke ist nur die Schwäche der Feiglinge, die ihn umgeben.«

Fred Moore schüttelte zweifelnd den Kopf.

»Möglich«, meinte er; »das hindert aber nicht, daß er eine große Anzahl Anhänger hat, die fest zu ihm halten. Wir können doch nicht, wir vier allein ...«

»Schwachkopf!« ... erwiderte Dorick hart. »Nicht dem Kaw-djer, dem Gouverneur hängen sie an. Wenn er nur von seinem Piedestal gerissen würde, würden sie ihn beschimpfen und verhöhnen. Wenn ich an seiner Stelle stünde, läge man mir zu Füßen wie jetzt ihm!«

»Das will ich nicht bestreiten«, sagte William Moore etwas schadenfroh. »Der Haken besteht nur darin, daß eben er am Platze sitzt und nicht du!«

»Auf deine Weisheit brauche ich nicht zu warten, um das zu wissen«, sagte Dorick, ganz bleich vor Zorn. »Das ist ja des Pudels Kern. Ich behaupte nochmals, der Haufen von Speichelleckern, die den Kaw-djer umschleichen, braucht uns nicht besorgt zu machen; die würden auch seinem Nachfolger auf den Fersen folgen. Der Gouverneur macht sie zu beachtenswerten Gegnern, der Gouverneur allein ist uns im Wege! ... Nun, also ...

Schaffen wir ihn aus der Welt!«

Einen Augenblick lang herrschte Totenstille. Die drei Gefährten Doricks schauten sich furchtsam an.

»Ihn aus der Welt schaffen!« ... sagte Sirdey endlich. »Du treibst es zu weit! ... Bei *der* Arbeit darfst du auf meine Hilfe nicht rechnen!«

Lewis Dorick zuckte die Achseln.

»Dich wird man wohl noch entbehren können, das geht auch ohne dich!« sagte er wegwerfend.

»Und ohne mich«, fügte William Moore hinzu.

»Ich aber bin dabei«, erklärte sein Bruder sehr energisch, welcher die Demütigung noch nicht vergessen hatte, die der Kaw-djer ihm einst zugefügt. »Aber ... ich meine ... sehr bequem wird die Sache nicht sein!«

»Im Gegenteil, es ist sehr leicht!« sagte Dorick.

»Wie?«

»O, das ist ganz einfach ...«

Sirdey unterbrach sie.

»Ta! Ta! Ta! ... Ihr geht aber ins Zeug! ... Ihr redet und redet! ... Was wollt ihr denn tun, wenn der Kaw-djer – aus der Welt geschafft ist, wie Dorick sagt?«

»Was wir machen werden?«

»Ja ... Ein Mensch weniger ist ein Mensch weniger und das ist alles. Und wie viele bleiben noch! Dorick hat leicht reden! Ich bin gar nicht so überzeugt, daß es dann alle mit uns halten werden!«

»Sie werden zu uns halten!« versicherte Dorick.

»Hm!« machte der skeptische Sirdey. »Alle bestimmt nicht!«

»Warum nicht? ... Heute – hat man noch niemanden gewonnen; morgen – laufen alle nach! ... Übrigens, alle brauchen wir auch gar nicht! Es genügen einige, die Bewegung in die Masse bringen müssen. Der Rest folgt dann schon nach.«

»Und diese einige?«

»Hat man!«

»Hm!« konnte Sirdey sich nicht enthalten, zu brummen.

»Da sind einmal wir vier, nicht?« sagte Dorick, den dieses Hin- und Herreden erhitzte.

»Das sind aber nur vier«, bemerkte Sirdey sehr sanft.

»Und Kennedy? ... Kann man auf ihn zählen?«

»Ja«, versicherte Sirdey. »Macht fünf!«

»Und Jackson«, zählte Dorick auf, »und Smirnoff, Reede, Blumenfeldt, Loreley?«

»Zehn.«

»Es gibt noch andere; wir brauchen sie nur zusammenzuzählen.«

»Ja, zählen wir nur!« schlug Sirdey vor.

»Gut!« stimmte Dorick bei und zog aus dcr Tasche einen Bleistift und ein Notizbuch.

Alle vier lagerten sich auf die Erde und zählten nochmals die Kräfte zusammen, auf die sie rechnen zu können glaubten nach dem Verschwinden des einen Mannes, welcher alle – nach Dorick – die überall zerstreute Menge zu einer zu fürchtenden Gesamtheit machte. Jeder nannte Namen, die aber in das Notizheft nur nach reiflicher Überlegung und Besprechung eingetragen wurden.

Sie hatten einen erhöhten Punkt zu ihrer Lagerstelle gewählt, von dem aus sich ihren Augen ein herrlicher Rundblick bot. Der aus Westen kommende Fluß floß plätschernd zu ihren Füßen vorbei, beschrieb dann einen Bogen und verschwand in nordwestlicher Richtung, das heißt, fast parallel zu seinem früheren Lauf, Neudorf zu, wo er sich ins Meer ergoß. Am Knie des Flusses breitete sich Liberia aus, und weiter hinaus zog sich die sumpfige Ebene hin, die die Stadt vom Ufer trennte.

Man schrieb den 24. Februar 1884. Mehr als achtzehn Monate waren verflossen, seit der Kawdjer die Zügel der Regierung übernommen hatte. Das in dieser verhältnismäßig kurzen Zeit Vollbrachte grenzte wirklich ans Wunderbare.

Neue Arbeiterkontingente hatten nach und nach die Leere ausgefüllt, die jene gelassen hatten, welche sich der Existenz auf der Insel Hoste nicht anpassen konnten; jetzt überstieg die Bevölkerungszahl längst den Tausender. Aber auch die Häuser, meist hölzerne Konstruktionen, hatten sich vervielfältigt, und jedermann hatte schon sein eigenes Heim. Im Westen waren der Stadt durch den Fluß Grenzen gezogen, daher entwickelte sie sich in der entgegengesetzten Himmelsrichtung und im Süden mächtig weiter.

Es war eine richtige Stadt und längst kein gewöhnlicher Lagerplatz. Nichts war mehr zu vermissen, was zum Leben nützlich oder auch nur angenehm ist. Bäcker, Krämer und Fleischer waren da und sorgten für die elementaren Ansprüche der Bewohner. Von den in Umlauf gesetzten Produkten lieferte das Innere der Insel schon seinen Anteil, außerdem waren die Bedürfnisse der Erzeuger vollkommen gedeckt. Es war anzunehmen, daß die Insel im folgenden Jahre sich selbst genügen konnte, was Getreide-, Gemüse- und Fleischproduktion anbetraf, und so dämmerte langsam in der Ferne der Tag herauf, an dem man vom Import zum Export übergehen konnte.

Auch die Kinder trieben sich nicht mehr ziel- und tatenlos umher. Es war eine Schule eröffnet worden, über die Herr und Frau Rhodes abwechselnd die Aufsicht führten.

Nach fast einem Jahre der Abwesenheit war Harry Rhodes endlich im Laufe des Oktober zurückgekommen und brachte wieder einen beträchtlichen Vorrat von Waren aller Art mit. Gleich nach seiner Ankunft hatte er eine lange Unterredung mit dem Kaw-djer, dann widmete er sich seinen eigenen Angelegenheiten, aber ohne die geringste Erklärung über die ungewöhnlich lange Dauer und den Zweck seiner Abwesenheit fallenzulassen.

Die Zeit, die Herr und Frau Rhodes für die Schule verwenden mußten, tat ihrem Bazar keinen Eintrag; denn Edward und Clary, von Tullia und Graziella tatkräftig unterstützt, standen diesem mit Lust und Eifer vor, und das Geschäft hatte schöne Gewinne zu verzeichnen.

Ein Arzt, Dr. Samuel Arvidson, und ein Apotheker waren aus Valparaiso angekommen und hatten sich in Liberia niedergelassen; – ihr Beruf erschloß ihnen eine Goldquelle. Ein Kleider- und ein Schuhwarengeschäft hatten sich geöffnet und alles gedieh prächtig. Jene Emigranten, welche schon einmal versucht hatten, sich in ihrem Handwerk zu betätigen, wiederholten den Versuch und diesmal mit besserem Erfolg. In Liberia waren mehrere Unternehmer erstanden, welche eine große Anzahl

Arbeiter beschäftigten: ein Maurermeister, ein Zimmermann, zwei Tischler, ein Drechsler, zwei Schlosser, deren einer sich durch besondere Geschicklichkeit auszeichnete und die Bezeichnung »Kunstschlosser« verdiente.

In der Nähe der Stadt, gegen Süden, nicht weit von dem Platze, wo jetzt Lewis Dorick und seine Begleiter lagerten, war ein Ziegelofen erstanden, der ausgezeichnete Ziegel lieferte. Im Osten, in dem die Landspitze bildenden Gebirge, hatte man Kalk- und Gipslager von großer Ausdehnung entdeckt, und es hatte sich ein Unternehmungslustiger gefunden, welcher mit den einfachsten Mitteln Zement herstellen wollte, den die Hafenbauten in gewaltigen Mengen verschlangen.

Die breite Straße, die sich am Fuß der Hügelkette hinzog, war dieselbe, die das früher erwähnte Quartett der Unzufriedenen benützt hatte, ehe es auf dem steilen, schmalen Bergpfad die Höhe hinangestiegen war. Diese Straße, die allen Windungen des Flusses folgte, blieb ungefähr einen Kilometer weit sichtbar, dann verlor sie sich im Westen zwischen zwei Hügeln. Aber jedermann wußte, daß sie ins Innere der Insel geführt und daß ununterbrochen daran gearbeitet wurde. Vor zwei Monaten hatte man Rivières Haus erreicht, von wo aus sie weiter nach Norden lief, indem sie sich immer mehr verzweigte.

Eine andere, vollständig fertiggestellte Straße übersetzte den Fluß auf einer festen, steinernen Brücke und verband die Hauptstadt mit ihrem Vorort.

Der letztere hatte nur wenig Veränderungen erfahren, aber der mit der Küste im Zusammenhang stehende Damm machte große Fortschritte und schob sich immer weiter ins Meer vor. Schon schützte er die Bucht von Neudorf gegen die Ostwinde und langsam, aber stetig wurde sie zu einem großen, vollkommen ruhigen Hafen umgewandelt.

An diesem Tage hatte man mit den ersten Angriffsarbeiten für die Errichtung des künftigen Kais begonnen, an dem die ankommenden Schiffe später im tiefen Wasser anlegen konnten.

Sie hatten aber weder die Vollendung des Kais noch die Fertigstellung des Dammes abgewartet, um der Insel Hoste zu nahen und mit den Bewohnern Handel zu treiben. Im Vorjahre waren drei Fahrzeuge gekommen – auschließlich auf Rechnung des Kaw-djer. Dieses Jahr hatten sich schon sieben gezeigt, wovon bloß zwei im Auftrage der Kolonieverwaltung erschienen waren; die Reise der fünf anderen war durch Privatgeschäfte und inividuelle Unternehmungen bedingt.

Eben jetzt war ein großes Segelschiff vor Neudorf verankert, halb mit Brettern beladen, die aus der Säge Rivières stammten, während ein zweites Fahrzeug, das dieselbe Ladung gelöscht hatte, vor wenigen Stunden Anker gelichtet hatte und nun um die Ostspitze langsam verschwand.

Alles in dem Bilde, das sich vor Doricks und seiner Gefährten Blicken entrollte, sprach beredt von dem wachsenden Gedeihen und Fortschritt der Kolonie. Aber diese sprechenden Beweise wollten sie weder hören noch sehen. Sie waren übrigens an den täglichen Anblick gewöhnt, und die Gewohnheit verringert manchmal die Wertschätzung.

Langsam fortschreitende Veränderungen werden nicht leicht beobachtet, und was sie jetzt sahen, hatten sie unter ihren Augen langsam entstehen sehen. Selbst wenn ihre Gedanken einen Sprung nach rückwärts getan hätten, bis zur Strandung des »Jonathan« – drei Jahre war es her – ist es fraglich, ob ihnen der Fortschritt bewußt geworden wäre. Es war zu bezweifeln. Sie waren an das »Jetzt« gewöhnt, und es erschien ihnen, als ob alles immer so gewesen sein müßte!

Jetzt beschäftigten sie jedenfalls ganz andere Gedanken. Langsam, prüfend zählten sie die Namen der Einwohner Liberias auf und stimmten über jeden einzelnen ab.

»Nun finde ich keinen mehr«, sagte Sirdey. »Wieviel haben wir im ganzen?«

Dorick überzählte rasch die in dem Buche notierten Namen.

»Einhundertundsiebzehn«, sagte er.

»Was ist das! ... Auf tausend!« ... bemerkte Sirdey.

»Nun, was denn?« erwiderte Dorick ... »Einhundertundsiebzehn ist eine ganz hübsche Zahl. Glaubt ihr denn, daß der Kaw-djer mehr für sich hat? Ich meine, erklärte Anhänger, Leute, die wissen, was sie tun und zu allem bereit sind. Die anderen sind Schafe und folgen dem nächsten Besten!«

Sirdey gab keine Antwort, schien aber nicht sehr überzeugt.

»Und jetzt haben wir nachgerade genug darüber verhandelt«, erklärte Dorick heftig. »Wir sind vier. Stimmen wir ab!«

»Ich für meinen Teil«, schrie Fred Moore und

hob drohend seine mächtige Faust, »erkläre, daß ich genug davon habe. Es komme, was da wolle! Ich stimme dafür, daß man handelt ... und möglichst rasch!«

»Ich desgleichen«, äußerte sich sein Bruder.

»Das macht drei Stimmen mit der meinigen ... und du, Sirdey?«

»Ich werde tun wie die anderen«, sagte Sirdey ohne alle Begeisterung, der ehemalige Koch. »Aber« ...

Dorick schnitt ihm das Wort ab.

»Kein Aber wird geduldet; gestimmt ist gestimmt.«

»Man muß sich aber doch« – beharrte Sirdey, ohne sich einschüchtern zu lassen – »über das Mittel zur Ausführung einigen. Den Kaw-djer aus der Welt schaffen – das ist leicht gesagt; aber das ›Wie?‹ ist nicht so einfach.«

»Ach, hätten wir doch Schußwaffen ... ein Gewehr ... einen Revolver ... eine kleine Pistole wenigstens ...« rief Fred Moore aus.

»Das wäre ja sehr schön, aber wir haben nichts dergleichen«, sagte Sirdey mit größtem Phlegma.

»Wie wäre es mit einem Messer?« ... schlug William Moore vor.

»Das wäre das sicherste Mittel, dich sofort erwischen zu lassen, mein Alter!« erwiderte Sirdey. »Du weißt, der Kaw-djer hat seine Leibwache, wie ein König ... Und dann ist zu bedenken, daß er sich wehren wird, und daß er stark ist; – mit vieren nimmt er's leicht auf!«

Fred Moore runzelte die Stirne, biß die Zähne zusammen und fuchtelte wütend in der Luft herum. Sirdey hatte recht! Er kannte die Faust des Kaw-djer aus Erfahrung und wußte, daß sein mächtiger Körper dieser Athletenkraft nicht widerstehen konnte.

»Ich weiß euch einen besseren Vorschlag zu machen«, sagte Dorick nach einer Pause des Schweigens, die nach Sirdeys Bemerkung eingetreten war.

Seine Gefährten warfen ihm erwartungsvolle Blicke zu.

»Das Pulver!« ...

»Das Pulver?« ... wiederholten alle drei verständnislos. Und einer fragte:

»Was sollen wir damit tun?«

»Wir fertigen eine Bombe! ... Ah, der Kaw-djer ist ja – wie man sagt – ein bekehrter Anarchist! Nun wohl, wir werden ihm mit der Waffe der Anarchisten entgegentreten!«

Doricks Zuhörer waren nicht sehr begeistert. Fred Moore knurrte:

»Wer soll sie denn anfertigen, diese Bombe? ... Ich tu's nicht!«

»Ich«, sagte Dorick. »Wer weiß übrigens, ob wir sie brauchen werden. Ich habe eine Idee ... wenn sie sich ausführen ließe, fliegt der Kaw-djer nicht allein in die Luft. Hartlepool und die ganze Bande ›im Dienst‹ werden ihm Gesellschaft leisten ... Das macht für uns immer eine hübsche Anzahl Feinde weniger am nächsten Morgen!«

Die drei Männer blickten jetzt ihren Kameraden mit unverhohlener Bewunderung an. Selbst Sirdey wurde mitgerissen.

»Ja, so ...« murmelte er und schien allen Widerspruch vergessen zu haben. Aber plötzlich erinnerte er sich wieder:

»Sapristi!« rief er, »wir rechnen da mit Pulver, als ob wir es besäßen!«

»Im Depot ist genug«, sagte Dorick, »wir brauchen es nur von dort zu holen.«

»Du hast leicht reden«, rief Sirdey wieder, welcher entschieden die Rolle der Opposition übernommen hatte. »Als ob das so furchtbar einfach wäre! . . . Wer soll denn dieses angenehme Geschäft auf sich nehmen?«

»Ich nicht!« sagte Dorick.

»Aha!« machte Sirdey höhnisch.

»Ich kann's nicht tun«, erklärte Dorick, »denn ich bin nicht kräftig genug dazu; du kannst es auch nicht, weil du zu feige bist, und Fred und William Moore passen gleichfalls nicht; sie sind zu brutal und ungeschickt.«

»Wer soll's denn tun?«

»Kennedy!«

Niemand widersprach. Ja, Kennedy, der ehemalige Matrose, war geschickt, findig, leichtfüßig, war zu allen schlechten Streichen zu haben und wußte sich aus jeder Patsche zu ziehen; wenn einer die Aufgabe lösen konnte, so war er es. Die Wahl Doricks war gut.

Dieser unterbrach die stillen Reflexionen der anderen.

»Es ist spät geworden«, sagte er; »wenn es euch recht ist, so kommt morgen zur selben Stunde hierher. Dann wird auch Kennedy anwesend sein. Wir werden alles besprechen und uns über alles einigen.«

Als sie die ersten Häuser erreicht hatten, hielten

sie es für ratsam, sich zu trennen, und am nächsten Abend beobachteten sie die gleiche Vorsicht, um sich bei dem Stelldichein einzufinden.

Jeder verließ die Stadt allein und erst als sie aus deren Gesichtskreis entschwunden waren, verringerte sich die Entfernung, die sie trennte.

Jetzt waren es fünf Männer, welche sich trafen; Kennedy, durch Lewis Dorick benachrichtigt, hatte sich dem Quartett zugesellt.

»Er steht auf unserer Seite«, sagte Dorick und klopfte dem Ex-Matrosen freundschaftlich auf die Schulter.

Man wechselte Händedrücke und ging dann ohne Zeitverlust auf den Kernpunkt der heutigen Besprechung über, indem man beriet, wie das am Vorabende gefaßte Projekt am besten auszuführen sei. Die Besprechung dauerte lange. Es war finstere Nacht, als die fünf Männer den Heimweg antraten. Sie hatten sich in allem geeinigt. Noch diese Nacht wollte man handeln ...

Obwohl vollständige Finsternis herrschte, teilten sie sich dennoch wie am vorhergehenden Tage. Sie ließen einen Zeitraum von einigen Minuten zwischen sich, verließen die Straße und gingen über die Felder, wobei sie die Häuser im Bogen umgingen. Dann hatten sie den Fluß erreicht und schlichen längs der Umzäunung Pattersons hin. Nichts regte sich. Ohne gesehen zu werden, erreichten sie das Regierungsgebäude, wo jetzt der Kaw-djer, Hartlepool und die Schiffsjungen schliefen. Im Schatten eines Hauses vereinten sie sich wieder, unsichtbar für alle anderen. Da blieben sie unbeweglich stehen und lauschten aufmerksam auf jedes leise Geräusch, während ihre Blicke die dunkle Nacht zu durchdringen suchten . . .

Vor sich hatten sie die Türe des Gerichtssaales. Von den auf der entgegengesetzten Seite gelegenen Polizeiposten drang schwacher Lärm herüber. Dort wachten die Männer noch. Aber auf dieser Seite rührte sich nichts, die Straße war vollkommen ruhig und verlassen.

Warum hätte man auch den Gerichtssaal bewachen sollen? Er enthielt nichts als einen Tisch, einen schweren Stuhl und mehrere am Boden befestigte Bänke.

Als sie sich überzeugt hatten, daß sie ganz allein zur Stelle waren, verließen Dorick und Kennedy ihr Versteck und überschritten rasch den freien Raum vor ihnen. In einem Augenblick hatten sie die Türe des Gerichtssaales erreicht, die Kennedy erbrach, während Dorick über die Sicherheit wachte. Nun entfernten sich auch die Brüder Moore, und Sirdey blieb allein zurück. Der eine ging nach rechts, der andere nach links, nach wenigen Schritten blieben sie stehen. Von ihrem neuen Standort aus konnte der eine die Hauptfassade und den Platz vor dem Regierungsgebäude übersehen, der andere die Südseite, die Mauer, die das Gefängnis umgab, und die Straße, die diese von den übrigen Häusern trennte. Kennedy war gut bewacht. Bei dem leisesten Zeichen von Gefahr würde er gewarnt werden und konnte entfliehen.

Aber es ereignete sich nichts Verdächtiges. Der frühere Matrose konnte ganz unbesorgt arbeiten. Und sie war nicht schwer, diese Arbeit, denn das Schloß an der Türe des Gerichtssaales war nicht sehr fest.

Jetzt schlich Kennedy hinein, während Dorick an der Türe Wache hielt.

Man konnte in dem Saal absolut nichts unterscheiden. Kennedy rieb ein Zündhölzchen und zündete damit eine Kerze an. Er wußte, wohin er seine Schritte zu lenken hatte, Dorick hatte ihm seine Lektion sorgfältig eingeprägt.

Von den drei Wänden, die das Gemach, in das er eindrang, begrenzten, trennte die rechts gelegene den Gerichtssaal vom Gefängnis; hinter der linken Mauer lagen die vom Kaw-djer benützten Räume, und das Depot lag hinter der Wand, die ihm gegenüberlag.

Kennedy durchschritt den Saal in schiefer Richtung bis zur Ecke, die durch das Zusammentreffen dieser letzten Wand und derjenigen des Gefängnisses gebildet wurde. Das Gefängnis war jetzt leer, daher konnte ihn niemand hören. Hier blieb er stehen und beleuchtete die Stelle mit seiner Kerze, um zu sehen, was zu tun war.

Er lächelte befriedigt. Diese Wand zu durchbrechen war ein Kinderspiel. Das Haus war ja in den ersten Tagen fertiggestellt worden, die dem Staatsstreich des Kaw-djer gefolgt waren, zu einer Zeit, wo es sich darum gehandelt hatte, schnell fertig zu werden, daher bildete diese Zwischenwand kein ernst zu nehmendes Hindernis. Sie bestand aus vertikalen Bohlen, die an ihrem Ende im Fußboden und an der Decke festgemacht waren; die Zwischenräume waren mit einem Gemenge von Steinen und Mörtel von minderer Qualität ausgefüllt, dessen Festigkeit nicht sehr groß war. Das Messer

Kennedys drang leicht in den Mörtel ein, und die Steine waren bald aus ihren Löchern entfernt. Es konnte nur der Lärm, den sie beim Hinabfallen verursachen mußten, Grund zu Besorgnis geben. Deshalb löste sie Kennedy, sobald er sie gelockert hatte, sorgsam mit den Händen los und legte sie leise auf die Erde nieder.

In einer Stunde hatte er eine Öffnung geschaffen, die ihn der Höhe nach hätte durchlassen können, auch der Breite nach, wenn nicht ein Balken störend durchgegangen wäre, der entfernt werden mußte. Das war der schwerste Teil der Arbeit, die wieder eine volle Stunde in Anspruch nahm.

Von Zeit zu Zeit hielt Kennedy in seiner Beschäftigung inne und lauschte auf Zeichen von außen; alles blieb aber ruhig. Kein Warnungsruf der Wachen verkündete eine nahende Gefahr.

Als das Loch genügend groß war, stieg er in den anderen Raum hinüber; jetzt tauchten neue Schwierigkeiten auf! Sich zwischen all den Kisten und Säcken und Waren aller Arten, die das Depot anfüllten, geräuschlos zu bewegen, war keine leichte Sache. Da war die allergrößte Vorsicht geboten!

Wo hatte man die Pulverfässer versteckt? ... Er konnte sie nirgends entdecken ... Und doch mußten sie hier sein ...

Er suchte und suchte. Langsam, auch die leiseste Bewegung überwachend, schob er sich zwischen den Kisten hindurch; manchmal war er genötigt, eine von der Stelle zu rücken, um sich den Weg frei zu machen.

Fast zwei Stunden verstrichen auf diese Weise.

Die Wartenden draußen konnten die Verzögerung sicher nicht begreifen, und auch er verzweifelte schon am Erfolg. Er war jetzt fieberhaft erregt. Die Nacht mußte bald weichen und der Tag zu dämmern beginnen. Sollte er fort müssen und von einem Beginnen abstehen, das die erbrochene Türe und das Loch in der Wand verraten mußten? Denn diese Schäden konnten nicht ausgebessert werden.

Müde vom erfolglosen Suchen wollte er wirklich schon den Rückzug antreten, als er endlich den Gegenstand seiner Anstrengungen entdeckte. Vor seinen Blicken lagen die Pulverfässer, fünf an der Zahl, wohlgeordnet neben einer Türe, die ins Polizeizimmer führte. Kennedy hielt den Atem an und hörte die Männer, welche die Nachtwache hatten, sorglos miteinander sprechen. Jedes ihrer Worte konnte er verstehen. Mehr als je war jetzt die äußerste Vorsicht am Platze.

Kennedy hob eines der Fäßchen empor, setzte es aber sogleich wieder nieder; – es war viel zu schwer, als daß es ein einzelner Mann, ohne Lärm zu machen, den schwierigen Weg transportieren konnte, der eingeschlagen werden mußte. Er schlich wieder zwischen den Kisten hindurch bis zum Gerichtssaal, steckte den Kopf in das Loch der Wand und rief Dorick, dessen dunkle Silhouette sich in der weniger dunklen Nacht außerhalb des Saales abzeichnete. Dieser näherte sich auf den Ruf des Matrosen.

»Wie lang du brauchst!« sagte er leise, als er sich zu der Öffnung beugte. »Was ist dir denn geschehen?«

»Nichts«, antwortete Kennedy, ebenso vorsichtig: »es ist eben nicht leicht, in diesem Fahrwasser zu schiffen!«

»Hast du das Pulver?«

»Nein; die Fässer sind zu schwer ... Es muß mir einer helfen ... Komm!«

Dorick ließ sich durch die Öffnung gleiten und durcheilte, von Kennedy geführt, das Depot. Die beiden Männer ergriffen eines der Fässer, hoben es über die verschiedenen Kisten hinweg und brachten es glücklich bis in den Gerichtssaal. Dorick kroch augenblicklich durch das Loch zurück.

»Wohin gehst du?« fragte Kennedy mit unterdrückter Stimme.

»Ein zweites Faß holen«, antwortete Dorick. »Machen wir schnell, es wird gleich Tag werden.«

»Noch ein Faß?« fragte Kennedy erstaunt. »Mit dem einen können wir ja ganz Liberia in die Luft sprengen!«

»Einerlei; wir holen noch eines!« bestimmte Dorick.

»Warum denn?«

»Das ist meine Sache ... Wenn wir uns des Kaw-djer entledigt haben werden, wollen wir die Herren spielen ... Da kann uns das Pulver gute Dienste leisten!«

»Wo willst du es einstweilen verbergen?«

»Ich weiß ein gutes Versteck ... Kümmere dich nicht weiter darum.«

Kennedy gehorchte nur widerstrebend. Eine Viertelstunde später lag ein zweites Pulverfäßchen neben dem ersten.

Eines wurde schnell an die linke Wand gerückt, dann brachte Kennedy unten eine Öffnung an, aus der eine kleine Pulvermenge herauslief.

Inzwischen hatte Dorick aus seiner Tasche eine aus Baumwollfasern locker geflochtene Schnur herausgezogen. Diese Schnur war früher umsichtigerweise befeuchtet worden; jetzt legte er sie ins Pulver; dann schnitt er ein kleines Stückchen mit dem Messer ab und zündete es versuchsweise an. Das Feuer faßte an, glimmte rasch weiter und erlosch.

»Ausgezeichnet!« erklärte Dorick; »fünf Zentimeter brennen in der Minute ab. Folglich dauert die ganze Zündschnur zwanzig Minuten; das ist viel mehr, als wir brauchen!«

Er näherte sich dem Pulverfaß ...

Im selben Augenblicke ließ sich ein lautes Geräuch hören. Dorick blieb wie angewurzelt stehen und blickte Kennedy an; beide waren leichenblaß geworden ...

Aber ihr Schrecken war von kurzer Dauer. Dorick hatte sogleich seine gewohnte Kaltblütigkeit wiedergewonnen und begann zu lachen.

»Es ist nur der Regen«, sagte er, mit den Achseln zuckend.

Er eilte zur Türe und blickte hinaus. Ein heftiger Platzregen ging nieder, und der Lärm, der sie erschreckt hatte, ging von den schweren Tropfen aus, die prasselnd auf das Dach aufschlugen. Eigentlich ein günstiger Zwischenfall! Der Regen mußte alle Spuren verwischen und nichts konnte sie verraten, falls sich zufällig der Verdacht auf ihre Personen lenken sollte. Andrerseits wurde durch das Rauschen und Prasseln das Knistern der Zündschnur erstickt.

Aber es war jetzt keine Zeit mehr zu verlieren! Schon färbte ein leiser Lichtschimmer den Osten rosig. In wenigen Minuten war es Tag, und Dorick kannte die Gewohnheiten des Kaw-djer zur Genüge, um zu wissen, daß er sehr bald sein Lager verlassen würde.

»Schnell!« sagte er.

Die Zündschnur wurde aufgerollt, das eine Ende in das Pulverfaß eingeführt, dann entzündete Dorick ein Schwefelholz und näherte es dem anderen Ende. Darauf verließen beide Männer schleunigst das Haus. Kennedy trug das zweite Pulverfaß, Dorick folgte ihm, indem er die Türe des Gerichtssaales so gut als möglich hinter sich schloß.

Die Brüder Moore standen unbeweglich auf ihren Posten.

Dorick rief sie mit einem leisen Pfiff ab und beruhigte sie mit einer Handbewegung über den Erfolg ihres Anschlages.

Nun entfernten sich alle in größter Eile, während auf dem nun wieder menschenleeren Platze ein Gewitter unter heftigen Regengüssen niederging.

Viertes Kapitel

In den Grotten

Als der Kaw-djer das Regierungsgebäude verließ, war das Gewitter bereits vorübergegangen. Heiter hatte sich die Sonne aus den Wassern erhoben und die Wolkenschleier mit ihren siegreichen Strahlen zerrissen.

Der Kaw-djer blickte um sich. Niemand war weit und breit zu sehen. Wie täglich, war er auch heute der erste, welcher sein Lager schon verlassen hatte.

Langsam und behaglich atmete er die erquikkende Morgenluft ein und machte einige Schritte auf den Platz, den das nächtliche Gewitter in ein Kotmeer verwandelt hatte. Da lenkte die offenstehende Tür des Gerichtssaales seine Aufmerksamkeit auf sich. Ohne dieser augenscheinlichen Nachlässigkeit viel Gewicht beizulegen, näherte er sich der Türe in der Absicht, sie zu schließen. Nun erst bemerkte er, daß das Schloß erbrochen war, und erst dieser Umstand verwunderte ihn sehr. Was konnte denn ein solcher Gewaltakt bezwecken? Gab es denn jemanden auf der Insel, der so arm war, daß der mehr als einfache Inhalt dieses Raumes seine Begierde wachrufen konnte?

Der Kaw-djer stieß die Türe vollends auf und erblickte gleich von der Schwelle aus das Pulverfaß, nur verstand er nicht sofort den Sachverhalt. Aber eine schnelle Untersuchung hatte ihm bald alles klar gemacht. Das verstreute Schießpulver . . . die zu zwei Dritteln verkohlte Zündschnur, die am Boden lag . . . kein Zweifel war da möglich; man hatte ihn und auch das Regierungsgebäude in die Luft sprengen wollen!

Diese Entdeckung erstarrte ihn förmlich. Es gab also einige unter den Kolonisten, deren Haß so weit ging! . . . Dann versuchte er ruhig zu überlegen und die Urheber dieses Attentates ausfindig zu machen. Er wollte niemanden fälschlich beschuldigen; aber er kannte die Bevölkerung der Insel zu genau, um seine Vermutungen über einen sehr beschränkten Kreis hinaus verirren zu lassen. Sollte es Ferdinand Beauval gewesen sein, trotz seiner neuen Würde? . . . Vielleicht war auch Lewis Dorick der Urheber dieser finsteren Tat? . . . Das war schon eher möglich! Jedenfalls war es jemand aus diesem Kreise!

Der Kaw-djer ließ seine Blicke über den Saal schweifen und bemerkte das Loch an der Wand. Der ganze Vorgang war ihm nun klar. Man hatte das Pulverfaß aus dem Depot gestohlen, es an die Stelle gebracht, wo es sich jetzt befand, dann war der Schuldige geflohen, nachdem er die Zündschnur, welche die Explosion des Pulvers herbeiführen sollte, an dem einen Ende in Brand gesteckt hatte . . . Aber die Hoffnungen der Verbrecher waren getäuscht worden, es war nicht zur Explosion gekommen! Die Zündschnur war erloschen, nachdem sie bis zu zwei Dritteln ihrer Länge verbrannt war. Die Wasserlache, die ihr drittes Drittel bedeckte, hatte sie am Weiterglimmen verhindert.

Woher kam dieses Wasser? Um es zu erfahren, brauchte der Kaw-djer nur den Kopf zu heben. Es war vom Himmel gefallen und durch eine Spalte im Dache und im weiteren Verlaufe durch die ziemlich undichte Zimmerdecke hereingesickert. Zwischen zwei klaffenden Holzstücken waren die Spuren ihres Weges noch zu verfolgen. Von hier war das Wasser langsam abgetropft, bis es die Lache gebildet hatte, die dem Weitergreifen des Feuers ein unüberwindliches Hindernis in den Weg gelegt hatte.

Den Kaw-djer überlief ein kalter Schauer; er dachte nicht allein an sich, sondern an die anderen, die das Regierungsgebäude mitbeherbergte; an Hartlepool, welcher mit den zwei Kindern hier wohnte, und an diejenigen, welche während der letzten Nacht hier zu wachen hatten. Ihr Leben hatte nur an einem schwachen Faden, einem kleinen Zufallsspiel gehangen. Ohne das Gewitter, das in den frühen Morgenstunden tobte, wären jetzt alle tot gewesen.

Nach reiflicher Überlegung schien es dem Kawdjer das beste, diesen mißglückten Massenmordversuch geheimzuhalten. Es bedurfte nicht dieses Vorfalles, um seine Popularität zu vergrößern, und es war, als letzter Grund, besser, die ahnungslose Bevölkerung nicht in Unruhe zu versetzen.

Er schloß die Türe hinter sich und weckte Hartlepool, den er in den Gerichtssaal führte und in alles einweihte. Hartlepool war sprachlos vor Schrecken. Ebensowenig wie der Gouverneur war er imstande, die Schuldigen zu nennen, aber auch er zögerte nicht, dieselben Personen zu verdächtigen, die dem Kaw-djer als zu jeder Schandtat fähig erschienen.

Dieser war fest entschlossen, den Vorfall dieser

Nacht nicht an die große Glocke zu hängen, so mußte denn das Loch in der Mauer im Geheimen ohne fremde Beihilfe verschlossen werden. Hartlepool ging auf die Suche nach den nötigen Materialien, während der Kaw-djer das Faß an seinen gewöhnlichen Aufbewahrungsort zurückbrachte.

Jetzt bemerkte er aber, daß auch ein zweites Pulverfaß verschwunden war. Das im Gerichtssaal aufgefundene mit eingerechnet, waren nur vier Fässer vorhanden, anstatt fünf. Was wollte man mit dem Pulver beginnen? Gewiß nichts Gutes! Aber nachdem jede Feuerwaffe fehlte, war es kaum verwendbar; denn die Diebe mußten sich wohl sagen, daß man einen zweiten ähnlichen Versuch, den ein glücklicher Zufall an der Ausführung verhindert hatte, nicht geschehen lassen würde!

Als Hartlepool zurückgekehrt war, setzten die beiden improvisierten Maurer das Stück des von Kennedy herausgeschnittenen Balkens wieder ein, dann wurden die Lücken wie früher durch ein Gemenge von Mörtel und Steinen ausgefüllt. Bald war keine Spur von dem geplanten Verbrechen zu entdecken. Dann erst zog sich der Kaw-djer in sein Gemach zurück und rief Hartlepool zu sich, dem er nun von dem Verschwinden eines zweiten Pulverfäßchens Mittcilung machte.

Die Sache war ernster Beachtung wert. Daß die Schuldigen sich des Pulvers bemächtigt hatten, war ein Beweis, daß sie eine Wiederholung des Attentates planten, und man mußte über die entsprechenden Mittel beraten, um sich vor einem zweiten ähnlichen Versuch zu schützen.

Nachdem die Angelegenheit nach allen Richtungen hin erwogen worden war, wurde endgültig beschlossen, von dem geplanten Attentat nichts verlauten zu lassen und recht vorsichtig zu sein, damit ja nichts zur Kenntnis der Öffentlichkeit gelange. Vor allem aber sollte die Polizei von vierzig auf sechzig Mann erhöht werden und auch noch mehr, wenn sich diese Notwendigkeit späterhin ergeben sollte. Vorläufig mußte man sich mit acht Ersatzmännern begnügen, da man nur über ebensoviele Reservegewehre verfügte, aber der Kaw-djer gedachte zweihundert Schußwaffen kommen zu lassen, um in Zukunft gegen ähnliche Vorkommnisse gefeit zu sein. Liberia vergrößerte sich zusehends – man mußte der Stadt auch die nötige Sicherheit bieten, ihre Interessen verteidigen zu können.

Es wurde ferner beschlossen, daß die Wachen während der Nacht nicht mehr im Wachtlokale verbleiben, sondern im Freien auf und ab wandern sollten; dort mußten sie um das Regierungsgebäude herumgehen, wodurch jede Überraschung ausgeschlossen wurde.

Der Kaw-djer glaubte, mit diesen Vorschriften seine Pflicht getan zu haben, aber Hartlepool nahm sich insgeheim vor, dieselben noch zu verschärfen und den Gouverneur mit einer größeren, wenn auch sehr diskreten Wachsamkeit zu umgeben.

Die Hoffnung, die Schuldtragenden zu entdekken, war besser aufzugeben, wollte man nicht die ganze Stadt in Aufregung bringen. Sie hatten keine Spur zurückgelassen, nur die Entdeckung des gestohlenen Pulverfäßchens hätte sie entlarven können. – Aber um dieses corpus delicti aufzufinden, hätte man Hausdurchsuchungen vornehmen müssen, welche in der Bevölkerung große Erregung hervorgerufen haben würden, und das wollte der Kaw-djer ja um jeden Preis vermeiden.

Nachdem die Sache so beigelegt war, ging das Leben seinen ruhigen Gang weiter. Ein Tag folgte dem anderen und die Erinnerung an den Zwischenfall, der um ein Haar so tragische Folgen nach sich gezogen hätte, erstarb allmählich. Die dahinfließende Zeit nahm auch viel von seiner ursprünglichen Wichtigkeit mit sich, und die neuen, verschärften Vorschriften machten einen ähnlichen Versuch unmöglich.

Der Kaw-djer erinnerte sich bald nicht mehr daran. Andere Sorgen beschäftigten ihn. Sein Werk begeisterte ihn derart, daß er etwas von dem berauschenden Bewußtsein des Schöpfers in sich fühlte. Sein überarbeitetes Gehirn suchte immer nach neuen Unternehmungen, und die Ausführung des einen Projektes war noch nicht zur Vollendung gediehen, als er schon ein zweites bereit hielt und anzufangen wünschte.

Noch waren die Grundmauern des künftigen Kais nicht geschaffen, als er sich schon mit anderen Plänen beschäftigte. Einer von diesen, der sehr leicht ausführbar war, bestand darin, einen wenige Kilometer stromaufwärts gelegenen Wasserfall zu verwerten; dort wollte er ein Elektrizitätswerk anlegen, das überall hin Licht und Kraft liefern sollte. Liberia mit elektrischer Straßenbeleuchtung! . . . Wer hätte das vor zwei Jahren für menschenmöglich gehalten?

Aber dieses Projekt begeisterte den Kaw-djer

nicht einmal so sehr – er liebäugelte mit einem anderen, glänzenderen. Liberia mit Licht versorgen, war ja sehr nützlich und gut, aber die Durchführung dieses Planes kam nur einem ganz kleinen Bruchteil der Menschheit zugute und andererseits bot die Inangriffnahme dieser Arbeiten so geringe Schwierigkeiten, daß man sie als angenehme Zerstreuung auffassen konnte. Nein! Das Werk, das ihm wirkliche Begeisterung einflößte, war allgemeiner und groß angelegt! Es berührte die ganze Menschheit!

Die erste Idee war ihm beim Schiffbruch des »Jonathan« gekommen. Als die Notschüsse des Fahrzeuges durch die stille Nacht drangen, hatte der Kaw-djer, wie man sich erinnert, auf dem höchsten Punkte des Kap Hoorn ein Feuer entzündet. Das war aber nur ein Notbehelf gewesen, und nach wie vor war kein Zeichen vorhanden, das den in Gefahr befindlichen Schiffen die Nähe des Landes angezeigt hätte. Der Todeskampf des »Jonathan« war nur eine herausgegriffene Szene aus dem ewigen Drama, das sich unaufhörlich in jenen Breiten abspielt. Hunderte von Schiffen müssen bei Sturm und Ungewitter die gefürchteten äußersten Ausläufer Amerikas passieren. Sie sind nicht so glücklich wie der »Jonathan«, dem wenigstens ein Feuerschein geleuchtet hatte, und wie oft bedecken ihre Trümmer die Klippen dieser Inselwelt. Anders wäre es, wenn an jedem Abend nach Sonnenuntergang die Feuer eines Leuchtturmes entzündet würden. Auf diese Weise wären die Fahrzeuge rechtzeitig gewarnt und könnten sich ins freie Meer hinaus retten. Wie viele, viele Schiffskatastrophen würden dann verhindert werden! . . .

Seitdem der Kaw-djer auf dem Kap Hoorn gestanden, war kein Tag verflossen, an dem ihm nicht dieses herrliche Werk in immer lockenderen Farben erschienen wäre. Er verkannte durchaus nicht die Schwierigkeiten, und lange hatte er daran nur gedacht, wie man an ein unausführbares Luftschloß denkt. Jetzt aber verhielt es sich anders. Als Gouverneur eines im schönsten Aufblühen begriffenen Staates stand ihm eine fast unbegrenzte Menge von Arbeitskräften zur Verfügung. Das Luftschloß war nicht mehr unausführbar.

Auch die Geldfrage, die er früher in Betracht gezogen hatte, spielte jetzt keine Rolle mehr. Dem Kaw-djer mußten unversiegbare Geldquellen zur Verfügung stehen, nachdem er dem hostelischen Staate so bedeutende Vorschüsse machen konnte, daß dieser sein Emporblühen allein dieser rechtzeitigen Hilfe verdankte. Lange Zeit hatte er sich dagegen gesträubt, seine Reichtümer anzurühren, deren Existenz er freiwillig vergessen hatte; aber nachdem er sie schon einmal benutzt hatte, war sein Widerstreben nicht mehr stichhaltig. Das Opfer war einmal schon vollbracht; es lag daher gar kein Grund vor, nicht ein zweites Mal auf gleiche Weise zu handeln.

Der hostelische Staat erfreute sich übrigens eines so bedeutenden Wohlstandes, daß er schon daran denken konnte, mit der Rückzahlung jener Geldbeträge zu beginnen, die ihm sein Schöpfer vorgestreckt hatte. Diese Kapitalien wollte der Kaw-djer nicht auf Zins anlegen, wie der nächstbeste kleine Bürger. Wie hätte er, der stets nur Verachtung für Geld und Geldeswert zur Schau getragen, sich zum Ansammeln toter Schätze verstanden! Konnte er einen besseren Gebrauch davon machen, sie nützlicher anlegen, als durch die Ausführung seines großen Projektes: die Erbauung eines Leuchtturmes auf dem Gipfel des verhängnisvollen Vorgebirges, an dessen gefährlichen Klippen so viele Schiffe ihr Verderben gefunden hatten!?

Aber eine große Schwierigkeit war nicht abzuleugnen! Die Insel Hoste war freies Land, jedoch die Insel Hoorn gehörte zu Chile! Aber vielleicht konnte diese Schwierigkeit umgangen werden! Es war nicht unmöglich, daß Chile einwilligte, seine Rechte auf die Insel Hoorn – einen kahlen Felsen – abzutreten, wenn sich der neue Besitzer verpflichtete, davon den schon erwähnten Gebrauch zum Wohle der Menschheit zu machen. Jedenfalls lohnte es sich der Mühe, den Versuch zu einer Verständigung zu wagen. In der Tat trug das nächste, die Insel Hoste verlassende Schiff eine dieses Thema behandelnde offizielle Anfrage der Regierung des hostelischen Staates an die Republik Chile mit sich fort.

Während der Kaw-djer sich in sein geplantes Werk vertiefte, schwebte das Damoklesschwert immer noch über seinem Haupte; die Gefahren, die er längst vergessen hatte, bedrohten sein Leben noch immer. Die Urheber des Attentats waren nicht entdeckt worden. Ihre verbrecherische Absicht war unbestraft geblieben; immer noch im Besitze des Pulverfasses, das in ihren Händen eine so schreckliche Drohung bedeutete, lebten sie unerkannt in der Menge der übrigen Kolonisten weiter.

Wenn der Kaw-djer, welcher unter dem Vorwand, den Frieden der Bevölkerung von Liberia nicht stören zu wollen, seinen Widerwillen gegen jede polizeiliche Untersuchung, der ihm als Rest seiner alten Freiheisideen geblieben war, rechtfertigen wollte, gleich anfangs eine sorgfältige Untersuchung angestellt haben würde, hätte er die Schuldigen sicher entdeckt. Das Pulverfaß war gar nicht weit; Dorick und Kennedy hatten es noch am Morgen des Attentats in eine der in der Ostspitze der Insel befindlichen Grotten gebracht, die dem Kawdjer nicht unbekannt sein konnten, nachdem Hartlepool seinerzeit die Gewehre und die Munition dort versteckt hatte.

Es gab drei solcher unterirdischer Grotten, wie vielleicht noch erinnerlich ist: zwei tiefer gelegene, deren eine eine Öffnung nach dem Südabhang hatte und mit der zweiten in Verbindung stand, die des Berges Mitte einnahm; die dritte Grotte lag fast fünfzig Meter höher als die anderen und öffnete sich nach dem Nordabhang der Landspitze; von hier aus konnte man Liberia überblicken. Eine schmale Spalte stellte die Verbindung mit den anderen Grotten her. Trotz der starken Neigung des Bodens konnte man diesen beschwerlichen Durchgang benutzen; ungefähr in der Hälfte wurde der Durchlaß so klein, daß man genötigt war, sich einige Meter kriechend weiterzubewegen, dabei mußte man aber sorgfältig vermeiden, an einen losen Steinblock anzustreifen, der an dieser Stelle die alleinige Stütze des Gewölbes bildete; kam der Stein beim Passieren der Stelle ins Wanken, so waren die Folgen nicht auszudenken.

In dieser hochgelegenen Grotte hatte Hartlepool die Gewehre verborgen gehalten. Das Pulverfaß war von Dorick und Kennedy in einer der unteren Höhlungen versteckt worden.

Sie hatten es nicht einmal für notwendig erachtet, es in der zweiten niederzulegen, die von der Natur mitten im Felsen ausgehöhlt worden war. Nachdem sie die letztere flüchtig untersucht hatten – dabei war ihnen die Spalte entgangen, die sich nach der höher gelegenen Grotte gegen den Nordabhang hinzog – begnügten sie sich, das unter Laub und Zweigen versteckte Faß in der ersten Grotte zu lassen, in die durch eine hohe, breite Bogenöffnung das Licht in warmen Strömen hereinflutete.

Ihre Überraschung war groß, als sie am Morgen des 27. Februar von dieser unterirdischen Expedition zurückkehrten und das Regierungsgebäude heil und ganz an Ort und Stelle erblickten. Während sie sich aus der Stadt entfernten und ihres Pulverfasses entledigten, und auch dann, als sie sich Liberia wieder näherten, hatten sie von Sekunde zu Sekunde angstvoll auf die Explosion gewartet. Aber – wie man weiß – erfolgte diese nicht, und die beiden Missetäter erreichten ihre Wohnung, ohne daß etwas Außergewöhnliches sich ereignet hätte.

Sie konnten es nicht begreifen.

Aber so groß auch ihre Neugierde war, beeilten sich die Schuldigen nicht, sie zu befriedigen. Das Scheitern ihres Anschlages brachte sie in Gefahr, und ihr einziges Bestreben zielte jetzt dahin, unbemerkt zu bleiben. Sie mengten sich daher unter die anderen Arbeiter und befleißigten sich, alles zu vermeiden, was die Aufmerksamkeit auf sie lenken konnte.

Erst im Laufe des Nachmittags wagte es Dorick, am Regierungsgebäude vorbeizugehen. Von weitem warf er einen verstohlenen Blick nach der Türe des Gerichtssaales und sah, daß der Schlosser Lawson im Begriffe stand, das erbrochene Türschloß auszubessern. Lawson schien der Arbeit keine besondere Wichtigkeit beizumessen. Man hatte ihn beauftragt, ein neues Schloß zu verfertigen und er tat es.

Aber die Ruhe Lawsons beruhigte Dorick nicht. Nachdem die Türe repariert wurde, mußte man wissen, daß das Schloß erbrochen worden war. Folglich hatte man auch das Pulverfaß und die Zündschnur entdeckt. Wer hatte diese Entdeckung gemacht? Dorick konnte es natürlich nicht erraten. Aber er zweifelte nicht daran, daß eine so wichtige Sache augenblicklich dem Kaw-djer mitgeteilt worden war, und er folgerte daraus, daß nun eine strenge Untersuchung zu erwarten stand, daß eine genauere Überwachung in Szene gesetzt werden würde, und sah sich von allen Seiten bedroht.

Ein schärferes Nachsinnen gab ihm seine Kaltblütigkeit wieder. Nichts konnte seine Schuld beweisen. Auch wenn man ihn verdächtigte, verhaften kann man niemanden auf eine bloße Verdächtigung hin, und verurteilen noch weniger. Dazu bedarf es unumstößlicher Beweise. Und Beweise konnten gegen ihn nicht erbracht werden, so lange seine Mitschuldigen das Geheimnis hüteten.

Diese beruhigenden Gedanken hinderten ihn

aber nicht, heftig zu erschrecken, als er sich gegen Abend unverhofft dem Kaw-djer gegenüber sah, welcher, wie täglich um diese Zeit, den Fortschritt der Hafenarbeiten überwachte. Er hatte sein gewöhnliches Aussehen, niemand konnte aus seinem Wesen erkennen, daß etwas Besonderes vorgefallen sein müsse. Aber für Doricks Empfindung war diese Ruhe fürchterlicher als der heftigste Zorn. Er sagte sich, daß der Gouverneur, um so sicher auftreten zu können, die Schuldigen unbedingt kennen müsse. Er zitterte am ganzen Körper, schien sich aber nur um seine Arbeit zu kümmern, wobei er sorgfältig vermied, den Kaw-djer anzusehen, denn er fühlte, daß er seinen Blick nicht ertragen würde. Wenn er vom Gouverneur angesprochen worden wäre, hätte der Elende sich selbst verraten.

Aber nachdem der Kaw-djer nicht das Wort an ihn richtete, faßte er wieder neues Vertrauen. Und dieses Vertrauen erstarkte in dem Maße, als die Tage verstrichen. Es gelang ihm nicht, die Handlungsweise der Regierung zu begreifen, aber er bemerkte, daß nichts in der Stadt verändert war, obwohl das Attentat bekannt sein mußte – das bewies die verschärfte Wachtordnung während der Nacht.

Aber lange gelang es ihm nicht, der peinigenden Furcht Herr zu werden. Während vierzehn Tagen mieden sich die Schuldigen und befleißigten sich einer so tadellosen Aufführung, daß schon dieser Umstand allein einem aufmerksamen Beobachter auffallen mußte. Nach diesen zwei Wochen fühlten sie sich sicher. Erst wechselten sie einige Worte im Vorübergehen, und als die ungetrübte Sicherheit ihnen ihren früheren Mut zurückgegeben hatte, nahmen sie ihre Abendspaziergänge und ihre gewöhnlichen Beratungen wieder auf.

Ihr Wagemut wuchs von Tag zu Tag und veranlaßte sie zuletzt sogar, die Grotte zu betreten, in der das Pulverfaß verborgen lag. Sie fanden es in demselben Zustand, an derselben Stelle, wo sie es hingelegt hatten, und waren nun ganz beruhigt.

Bald wurde die unterirdische Höhle das Ziel ihrer Ausgänge. Einen Monat nach dem mißglückten Attentat bildete sie ihren täglichen Versammlungsort.

Ihr Gesprächsthema war immer noch dasselbe. Es hatte sich ebensowenig verändert als die Ursachen ihrer Unzufriedenheit. Was ihr Leben vor dem versuchten Attentat gewesen war – war es auch jetzt. Sie fuhren fort, sich, wie alle, dem Gebote der Arbeit zu fügen, und dieses »Muß« war ein Hauptgrund ihrer Verzweiflung.

Mit ihren gegenseitigen unaufhörlichen Klagen und Verwünschungen schürten sie die Unzufriedenheit und den Haß stets aufs neue an, das Mißglücken ihres Anschlages war bald vergessen, und sie suchten schon wieder nach einem anderen Ausweg, der diesmal zum gewünschten Ziel führen sollte.

Die ohnmächtige Wut regte sich immer mächtiger in ihnen, und es kam der Tag, an dem sie für das Schmieden eines neuen Komplottes reif waren.

An diesem Tage – es war der 30. März – hatten die fünf würdigen Gefährten Liberia getrennt verlassen und sich, wie gewöhnlich, erst in einer gewissen Entfernung von der Stadt zusammengefunden. Die kleine Gruppe war vollzählig, als sie ihren täglichen Versammlungsort erreichte.

Den Weg hatte man schweigsam zurückgelegt. Dorick hatte den Mund nicht aufgetan und schien in Betrachtungen verloren, die anderen ahmten sein Schweigen nach. Stumm waren ihre Lippen, finster ihr Gesichtsausdruck. Das Gewitter grollte von ferne. Wilde Rachegedanken erfüllten ihre verderbten Gemüter.

Dorick trat als erster in die Grotte und erschrak nicht wenig, als er am Eingange derselben ein Feuer brennen sah. Es war somit jemand hier gewesen, und es konnte nur kurze Zeit seit dem Weggehen des Eindringlings vergangen sein, denn die Flamme war noch ganz lebenskräftig.

Feuer in der Grotte! . . . Dorick hatte sich plötzlich an das Pulver erinnert. Wenn das Feuer nur wenige Meter weiter nach innen entzündet worden wäre, wäre der Unvorsichtige, welcher es entzündet hatte, unrettbar in die Luft geflogen. Welcher Gefahr hatte er sich ausgesetzt, ohne sie zu ahnen!

Dorick lief zum Fasse hin . . . Nein, es war nicht entdeckt worden . . . Es lag immer noch da unter einem Haufen dürrer Zweige; einige derselben hatte man zu dem kleinen Holzstoß benutzt, der noch lustig knisterte.

Inzwischen hatte sich Kennedy mit einem brennenden Aste ausgerüstet und untersuchte die zweite Grotte. Bald kam er beruhigt wieder. Niemand war zu entdecken, sie war leer. Der unbekannte Besucher der Grotte war fortgegangen.

Als er diese beruhigende Nachricht den Freunden mitgeteilt hatte, wollte er das Feuer austreten, welches immerhin gefährlich werden konnte, trotz seiner Entfernung vom Pulverfasse.

Aber Dorick hielt ihn davon ab, sammelte die glimmenden Holzstückchen und warf neue Nahrung auf die Glut, während seine Gefährten ihn erstaunt beobachteten.

»Kameraden!« sagte er, »ich bin zu Ende mit meiner Kraft und Geduld ... Schon vorher war ich entschlossen zur Tat ... Was wir gesehen haben, muß uns in unserer Absicht bestärken ... Man ist hierher gekommen ... ein Grund mehr zur Eile, dann man kann wiederkommen und was man heute nicht gefunden hat, findet man morgen bestimmt!«

Doricks Stimme zitterte, die Worte kamen abgerissen, keuchend von seinen Lippen, und er begleitete sie mit heftigen Bewegungen. Es ging wirklich zu Ende mit ihm, wie er selbst sagte.

Außer Sirdey, der unbeweglich verharrte, stimmten ihm die Genossen lebhaft bei.

»Wann soll es geschehen?« fragte Fred Moore.

»Noch heute Abend« ... erwiderte Dorick.

Und er fügte hinzu, indem er die Worte abhackte wie ein Mensch, der alle Herrschaft über seine Nerven verloren hat:

»Ich habe alles überlegt ... Nachdem wir keine Waffen besitzen, werde ich sie mir selbst schaffen ... Eine Bombe ... Und noch diesen Abend ... ich werde mehrere Lagen Pulver zwischen mit Teer getränkte Leinwand pressen ... deshalb brauche ich das Feuer, um den Teer zum Sieden zu bringen ... Natürlich wird meine Bombe an Wert den vollkommenen, modernen Höllenmaschinen bedeutend nachstehen ... Ich tue eben, was ich kann ... Ich bin ja auch kein Chemiker ... Aber auch so wird die Bombe ihre Wirkung haben ... Eine Zündschnur werde ich von einem Ende zum anderen durchführen ... sie wird dreißig Sekunden dauern ... Ich habe alles ausprobiert ... Man hat gerade Zeit, sie anzuzünden und zu schleudern« ...

Seine Zuhörer wurden durch diese Worte und sein Aussehen eigentümlich bewegt. Aus seinen Blicken sprach Fieber und – fast möchte man sagen – Wahnsinn. War Lewis Dorick verrückt geworden?

Nein, er war es nicht; wenigstens nicht im pathologischen Sinne des Wortes. Wenn ihm auch jetzt die Bitterkeit und der Neid, der sein ganzes Leben ausfüllte, zu dieser Stunde diese Worte auf die Lippen gedrängt hatte, so behielt er immer noch so viel Geistesklarheit, als ein Mann, der die Beute blinden Hasses geworden ist, beanspruchen kann.

»Wer soll die Bombe werfen?« fragte Sirdey gleichmütig.

»Ich«, antwortete Dorick.

»Wann?«

»Diese Nacht ... Gegen zwei Uhr werde ich an die Türe des Regierungsgebäudes pochen ... Der Kaw-djer wird mir öffnen ... Sobald ich seinen Schritt vernehme, zünde ich die Schnur an ... Alles Nötige werde ich bei mir haben ... Wenn er die Türe öffnet, schleudere ich die Bombe ins Innere ...«

»Und du?«

»Ich werde schon Zeit haben, mich zu retten ... Aber auch wenn ich mich mitverderben sollte ...

ein Ende muß gemacht werden.«

Alles schwieg. Man sah sich bestürzt an, das Projekt Doricks erschreckte die Männer.

»Auf diese Weise brauchst du uns nicht dabei«, bemerkte Sirdey ruhig.

»Ich brauche gar niemanden«, rief Dorick heftig. »Die Memmen können hingehen, wo es ihnen beliebt.«

Dieses Wort verletzte die Eigenliebe.

»Ich bleibe«, sagte Kennedy.

»Ich auch«, erklärte William Moore.

»Ich auch«, sprach Fred Moore.

Nur Sirdey blieb schweigsam.

Die Stimmen waren ziemlich laut geworden; ohne zu wollen, verhandelte man im Tonfall eines erregten Wortwechsels miteinander. Trotz der Warnung, die das entzündete Feuer für sie bedeutete, dachte man nicht daran, daß es Lauscher in der Nähe geben könne, welche diese unvorsichtigen Worte auffangen könnten.

Und dennoch gab es einen, einen einzigen, dessen kleine Gestalt nicht furchterregend war, selbst wenn man um seine Gegenwart gewußt hätte. Derjenige, der sich – wider seinen Willen, muß gesagt werden – zum Lauscher hergeben mußte, war niemand anderer als Dick, und die fünf kräftigen Männer hatten von diesem Kinde in der Tat nichts zu befürchten.

Der 30. März war ein Feiertag für Dick und Sand, welche die Stadt schon frühmorgens verlassen hatten, um die Grotten wieder zu besuchen, die einst der Schauplatz ihrer frohen Spiele gewesen waren. Die Kindheit ist launenhaft. Die beliebtesten Belustigungen werden eines schönen Tages im Stich gelassen, wenn die Übersättigung eintritt – dann, mit derselben Plötzlichkeit, wieder begeistert aufgenommen, wenn andere Zerstreuungen ihrerseits langweilig geworden sind. Die Grotten waren zuerst das Entzückendste gewesen, das man sich vorstellen konnte. Dann hatten sie die Kinder vernachlässigt, jetzt kamen sie wieder in Mode.

Während Dick und Sand rasch ausschritten, besprachen sie voll Wichtigkeit den Plan des Tages. Das heißt, genauer gesagt: Dick gab, wie gewöhnlich, kraft seiner Autorität, den Tagesbefehl aus und Sand fügte sich willig in alles.

»Mein Alter«, hob Dick an, als sie die letzten Häuser hinter sich hatten, »ich habe eine gute Nachricht für dich!«

Sand war ganz Ohr.

»Wir werden ›Restaurant‹ spielen.«

Sand nickte zustimmend, aber eigentlich begriff er nicht recht.

»Nimm einmal das, mein Alter«, verkündete Dick triumphierend.

»Zündhölzchen!« ... rief Sand entzückt von dem wundervollen Spielzeug.

»Und jetzt dies!« ... und Dick zerrte mühsam aus seiner Tasche ein halbes Dutzend Kartoffeln, die er gewaltsam hineingestopft hatte, ehe sie fortgingen.

Sand klatschte freudig in die Hände.

»So!« erklärte Dick kategorisch, »du bist der Wirt und ich werde der Gast sein!«

»Warum?« fragte Sand unschuldig.

»Darum!« antwortete Dick.

Vor diesem peremptorischen Wort mußte sich Sand natürlich fügen. Als sie dann in der Grotte waren, geschah alles so, wie der tyrannische Spielgenosse bestimmt hatte. In einem Winkel fanden sie einen Haufen dürrer Zweige, dessen Herkunft sie nicht ahnten. Sie halfen ein herrliches Feuer anzünden, in dem die Kartoffeln gebraten wurden.

Nun begann das eigentliche Spiel. Sand fand sich in die Rolle des Wirtes ganz ausgezeichnet, und Dick stand ihm als Gast darin nicht nach. Man mußte ihn nur beobachten! Mit welch zwangloser Unbefangenheit er in die Grotte trat – zuerst war er selbstverständlich hinausgegangen, der größeren Wahrscheinlichkeit wegen – mit welch vornehmem Anstand er sich zu dem imaginären Tisch setzte, mit welch gebietendem Tone er die Speisen begehrte, die ihm gerade in den Sinn kamen! Er wünschte Eier, Schinken, ein gebratenes Huhn, Roastbeef, Reis, Pudding und noch verschiedenes andere. Zum Glück konnte der Gast unbesorgt die größten Ansprüche an den Wirt stellen – ein besser geführtes Restaurant konnte gar nicht gedacht werden. Alles Verlangte war vorhanden. Was immer der Gast forderte, der Wirt konnte stets ohne Zögern antreten: »Hier, mein Herr!« und schon standen die gewünschten Speisen auf dem Tisch und waren wirklich, jeder Zweifel ist ausgeschlossen, Eier, Schinken und Brathuhn, obwohl ein uneingeweihter Beobachter sie vielleicht mit gewöhnlichen Kartoffeln verwechselt haben würde.

Aber ein Laden kann noch so herrlich ausgestattet sein – mit der Zeit erschöpfen sich die Vorräte, so wie auch der kräftigste Appetit mit der Zeit gesättigt werden kann. Durch ein merkwürdiges Zusammentreffen geschah dies – o Wunder – in dem Augenblicke, als auch nicht eine Kartoffel mehr übrig blieb.

Sand wurde traurig, als er diese betrübende Entdeckung machte.

»Du hast ja alles aufgegessen!« seufzte er mit einem Gesichte, auf dem die Enttäuschung deutlich geschrieben stand.

Dick ließ sich zu einer Erklärung herbei.

»Nachdem ich Gast war« ... sagte er, als ob es die natürlichste Sache von der Welt wäre. »Ißt vielleicht der Wirt seine Speisen selbst auf?«

Aber diesmal schien Sand sich nicht überzeugen lassen zu wollen.

»Ja, aber ich habe gar nichts bekommen«, sagte er ganz gedrückt.

Dick bestieg das hohe Roß:

»Das soll wohl heißen, daß ich ein Nimmersatt bin? Auch recht! Ich spiele einfach nicht mehr mit! So!«

»Dick!« ... flehte Sand, durch diese fürchterliche Drohung ganz mürbe gemacht.

Das genügte! Dick ließ sofort alle Rachegedanken fallen.

»Nun gut«, sagte er mit Gönnermiene; »so will ich jetzt den Wirt machen und du kannst Gast sein.«

Das Spiel wickelte sich nun nach diesem neuen Programm ab. Sand ging erst aus der Grotte hinaus, kam wieder herein und setzte sich zu Tisch. Nach dieser Inszenierung näherte sich Dick seinem entzückten Gaste und bot ihm lächelnd einen

Kieselstein an.

Aber Sand, dessen Geist nicht so schnell arbeitete, verstand nicht gleich und schaute bestürzt auf den Kieselstein.

»Dummkopf . . .« sagte Dick. »Das ist doch die Rechnung!«

»Aber ich habe ja gar nichts gehabt«, wagte der empörte Sand zu bemerken.

»Nachdem nichts mehr da ist . . . bleibt nur mehr das Zahlen übrig . . . In jedem Restaurant muß man doch zahlen! . . . Du mußt sagen: ›Kellner, ich will zahlen!‹ Ich sage darauf: ›Bitte sehr, mein Herr!‹ Dann sagst du: ›Hier ist ein Cent für das Essen und ein Cent für Sie!‹ ›Danke, mein Herr‹, werde ich sagen. Dann mußt du mir zwei Cents geben.«

Alles spielte sich nach diesem logischen Plan ab. Sand traf den richtigen Ton, als er befahl: »Kellner, ich will zahlen«, und Dick brachte sein »Bitte sehr!« so naturgetreu vor, daß man ihn mit einem richtigen Kellner hätte verwechseln können. Der entzückte Sand gab ihm zwei Cents.

Aber bald trübte ein Gedanke das Vergnügen des Kindes.

»Du hast die guten Kartoffeln gegessen und ich muß sie bezahlen!« sagte er sehr niedergeschlagen.

Dick schien nichts zu hören; natürlich war ihm kein Wort entgangen; zum Beweise dafür wurde er bis über die Ohren rot.

»Wir kaufen dann eine Zuckerstange im Bazar ›Rhodes‹«, versprach er und suchte damit sein Gewissen zu beruhigen.

Dann, als gewiegter Diplomat, sagte er, um die

Gedanken von dem einen Gegenstand abzuziehen:

»Jetzt wollen wir etwas spielen!«

»Was denn?« erkundigte sich Sand.

»Wir werden ›Löwe‹ spielen«, sagte Dick, welcher sich die schöne Rolle natürlich selbst zudiktierte. »Ich bin der Löwe, Du mußt erst hinausgehen und wenn du wieder hereinkommst, falle ich über dich her und fresse dich auf. Dann schreist du, so laut du kannst: ›Zu Hilfe!‹ . . . Dann laufe ich schnell fort und komme als Jäger wieder und töte den Löwen!«

»Aber du bist doch selbst der Löwe«, sagte Sand nicht ohne Logik.

»Nein, ich bin der Jäger.«

»Ja, wer soll mich denn dann fressen?«

»Dummkopf! . . . Ich natürlich, während ich Löwe bin!«

Sand verfiel in allerlei tiefsinnige Betrachtungen und sah seinen Kameraden ganz verträumt an. Dieser störte ihn in seinem Nachsinnen.

»Du brauchst das gar nicht zu verstehen«, sagte er. »Jetzt geh' hinaus. Dann kommst du herein – und der Löwe wird in den Felsen auf dich warten . . . Der Löwe bin ich . . . Ich liege auf der Lauer. Ein Löwe, mußt du wissen, muß oft sehr lange auf der Lauer liegen . . . Steige durch die Galerie in die obere Grotte und komme von außen wieder herein. Aber du ahnst von gar nichts, verstehst du? . . . Erst bis du den Löwen brüllen hörst« . . .

Und Dick stieß ein ohrenbetäubendes Gebrüll aus.

Sand war schon fortgelaufen. Er eilte durch die

Spalte hinauf und mußte bald folgsam herunterkommen, um sich von dem Löwen fressen zu lassen.

Nachdem sein kleiner Freund sich entfernt hatte, verbarg sich Dick zwischen den Felsen. Er mußte eine halbe Stunde warten, aber das schien ihm nicht lang. Er war ganz Löwe und, wie er früher sehr weise bemerkt hatte, muß ein Löwe es verstehen, sich in Geduld zu fassen, wenn er auf der Lauer liegt. Um alles in der Welt hätte er nicht den Kopf aus seinem Versteck gestreckt, und obwohl er ganz allein war, ließ er doch gewissenhaft von Zeit zu Zeit ein gemäßigtes Brüllen hören, das der Vorläufer zu dem großen, fürchterlichen Triumphgebrülle war, das der Löwe ausstoßen würde, wenn der unglückliche Reisende gefressen war.

In diesen vorbereitenden Übungen wurde er unterbrochen; mehrere Personen stiegen den Weg zur Grotte hinan. Dick, ganz überzeugt, ein wirklicher Löwe zu sein, zeigte sich nicht, aber trotz seiner Umwandlung zum Wüstenkönig erkannte er in den Ankommenden Lewis Dorick, die Brüder Moore, Kennedy und Sirdey. Dick schnitt eine Grimasse. Er hatte gar keine Vorliebe für diese Gesellschaft, und besonders Fred Moore war ihm verhaßt, weil er ihn als seinen erbitterten Feind betrachtete.

Die fünf Männer verschwanden in der Grotte, was Dick wieder sehr unangenehm berührte, und bald tönten ihre erstaunten Rufe an sein Ohr, als sie das Feuer entdeckten.

»Die Grotte gehört nicht ihnen!« brummte der »Löwe« in seinen Bart.

Aber nun folgten andere Reden, die ihn aufhorchen und schaudern machten.

Sie sprachen von Pulver und Bomben und dieses letzte Wort, das er nicht recht verstand, wurde mit dem Namen des Gouverneurs und Hartlepools in Verbindung gebracht.

Vielleicht war er zu weit entfernt und hörte nicht genau ... Vorsichtig näherte er sich dem Eingang der Grotte, bis er eine Stelle gefunden hatte, von der aus er jedes Wort deutlich vernehmen konnte.

Jetzt sprach gerade einer der Männer. Dick erkannte die Stimme Sirdeys.

»Nun, und dann?« fragte der ehemalige Koch, welcher seiner Rolle als Kritiker treu geblieben war.

»Was – und dann?« sagte Dorick in ärgerlichem Ton.

»Ja ...« sagte Sirdey. »Deine Bombe und das Pulverfaß, das sind zwei verschiedene Dinge ... Du kannst damit nicht alle umbringen ... Und wenn auch der Kaw-djer in die Luft geflogen ist, bleiben noch Hartlepool und die Männer der Wache!«

»Was liegt an denen!« ... antwortete Dorick heftig. »Ich fürchte sie nicht! ... Wenn der Kopf abgeschnitten ist, zählt der Körper nichts mehr!« ...

Umbringen! ... Dem Gouverneur den Kopf abschneiden! ... Dick war mit einem Male todernst geworden, als er, an allen Gliedern zitternd, diese schrecklichen Reden anhören mußte!

COLLECTION JULES VERNE

1. Von der Erde zum Mond
Direkte Fahrt in 97 Stunden 20 Minuten
2. Reise um den Mond
3. Reise um die Erde in 80 Tagen
4. Reise zum Mittelpunkt der Erde
5. Fünf Wochen im Ballon
6./7. Zwanzigtausend Meilen unter dem Meer
8. Abenteuer von drei Russen und drei Engländern in Süd-Afrika
9./10. Abenteuer des Kapitän Hatteras
11./12./13. Die Kinder des Kapitän Grant
14./15./16. Die geheimnisvolle Insel
17./18. Das Land der Pelze
19. Eine schwimmende Stadt
Die Blockadebrecher
20. Eine Idee des Doktor Ox
Meister Zacharius
Ein Drama in den Lüften
Eine Überwinterung im Eis
Eine Mont-Blanc-Besteigung
21. Der Chancellor
Tagebuch des Passagier J. R. Kazallon
22./23. Der Kurier des Zaren
Michael Strogoff
24. Schwarz Indien
25./26. Reise durch die Sonnenwelt
27./28. Ein Kapitän von 15 Jahren
29./30./31. Die Entdeckung der Erde
32. Die fünfhundert Millionen der Begum
33. Die Leiden eines Chinesen in China
34./35. Die großen Seefahrer des 18. Jahrhunderts
36./37. Das Dampfhaus

38./39. Der Triumph des 19. Jahrhunderts
40./41. Die Jangada
42. Die Schule der Robinsons
43. Der grüne Strahl
44./45. Keraban der Starrkopf
46. Der Südstern oder das Land der Diamanten
47. Der Archipel in Flammen
48./49./50. Mathias Sandorf
51. Robur der Sieger
52. Ein Lotterie-Los
53./54. Nord gegen Süd
55./56. Zwei Jahre Ferien
57. Kein Durcheinander
58./59. Die Familie ohne Namen
60./61 Mistreß Branican
62. Das Karpatenschloß
63. Claudius Bombarnac
Notizbuch eines Reporters
64./65. Der Findling
66./67. Meister Antisers wunderbare Abenteuer
68./69. Die Propeller-Insel
70. Vor der Flagge des Vaterlandes
71. Clovis Dardentor
72./73. Die Eissphinx
74./75. Der stolze Orinoco
76./77. Das Testament eines Exzentrischen
78./79. Das zweite Vaterland
80. Das Dorf in den Lüften
81. Die Historien von Jean-Marie Cabidoulin
82./83. Die Gebrüder Kip
84./85. Reisestipendien
86. Ein Drama in Livland
87. Der Herr der Welt
88. Der Einbruch des Meeres
89. Der Leuchtturm am Ende der Welt
90./91. Der Goldvulkan
92./93. Reisebüro Thompson & Co.
94. Die Jagd nach dem Meteor
95. Der Pilot von der Donau
96./97. Die Schiffbrüchigen der Jonathan
98. Wilhelm Storitz' Geheimnis
99./100. Cäsar Cascabel